作者简介

泉镜花
(1873——1939)

日本跨越明治、大正、昭和三个时代的伟大作家。1937年成为帝国艺术院院士。1895年发表的《夜间巡警》《外科室》,被视为"观念小说"代表作。1900年发表充满浪漫主义色彩的《高野圣僧》,后又发表《妇系图》《歌行灯》等小说。还著有《天守物语》《棠棣花》《战国新茶渍》等剧作,具有唯美主义倾向。

外国情感小说

汤岛之恋

**Foreign Classic
Romantic Novels**

〔日本〕泉镜花 著

文洁若 译

人民文学出版社

图书在版编目 (CIP) 数据

汤岛之恋 /（日）泉镜花著；文洁若译. —北京：人民文学出版社，2017
（外国情感小说）
ISBN 978-7-02-013190-7

Ⅰ.①汤… Ⅱ.①泉… ②文… Ⅲ.①长篇小说—日本—现代 Ⅳ.① I313.45

中国版本图书馆 CIP 数据核字 (2017) 第 191445 号

出版统筹	仝保民
责任编辑	陈　黎
特约策划	李江华
特约编辑	杜婵婵
书籍设计	李思安

出版发行	人民文学出版社
社　　址	北京市朝内大街 166 号
邮政编码	100705
网　　址	http://www.rw-cn.com
印　　刷	三河市祥宏印务有限公司
经　　销	全国新华书店等
字　　数	120 千字
开　　本	787×1092 毫米 1/32
印　　张	7.875
印　　数	1—6000
版　　次	2019 年 2 月北京第 1 版
印　　次	2019 年 2 月北京第 1 次印刷
书　　号	978-7-02-013190-7
定　　价	46.00 元

如有印装质量问题，请与本社图书销售中心调换。电话：010-6523359

湯島の恋

湯島の恋

目录

红茶会	1
三两二分	25
道祖神	43
纪之国屋	49
楼梯	61
彩球之友	83
浴罢归来	91
幻影	101
清晨朝香	107
荒谬绝伦	115
杂耍班子	129
疯狗源兵卫	143

半景圆辅	165
纸糊的狗	181
心慌意乱	191
黄莺	197
白木匣	211
灰尘飞扬	225
星宿	239

红茶会

柳泽时一郎身材修长,穿着笔挺的制服。他沏了红茶替三个人斟在玻璃杯里,一边漫不经心地坐到一把大藤椅上,一边说:

"宿舍里嘛,什么都没有,请你喝杯红茶吧。愿意放多少糖就放多少。来,神月。"

他把戴着漂亮的袖扣的一只胳膊悠然搭在藤椅扶手上,招呼道:

"筱冢,给客人拿糖来。"

"好的!"

干干脆脆地这么答应的,是剃成和尚头、身穿西服的筱冢某。他是个性情温顺的哲学家,和柳泽隔着一张桌子,面对面坐在藤椅上。他扭过身去,把手往后一伸,从放了杂书的书架上取下一瓶角砂糖,往坐在两人之间的英俊少年面前一放。

客人姓神月,名梓,是他们的同窗,一位文学士。个个都是不同凡响的人物。他温和地点头致意道:

"那么,就不客气啦。"

梓将柳泽给他沏在透明的淡红色小玻璃杯里的红茶挪到自己跟前。还有一个和哲学家并肩坐着的留了稀疏胡子的人。他身穿土布棉和服,小仓布①裙裤,把脱下来的带子很长的②绉绸外褂,里朝外搭在椅背上,一只手揣在裙裤兜里,静悄悄地读着书。

梓稍欠起身,探头问道:

"读什么书呢?"

留胡子的答应了一声"哦",但他猛一抬头,不知道该向谁回答,只顾东张西望。

柳泽爽快地接过这个碴儿,说:

"若狭读的是历史。这位先生的专业是国史,埋头于研究工作,就连一点儿时间也不荒废。"

"真用功。"

①小仓是北九州市的一区,小仓布是这里出产的一种受学生欢迎的质地较硬的棉布。
②当时的学生时兴穿带子又长又粗的和服外褂。

4

神月说罢，点了点头。和尚笑嘻嘻地斜睨了一眼那个人读着的书。柳泽扑哧一声笑道：

"何必那样恭维呢？历史毕竟是历史，也不容易呀。读点无名氏所著的《岩见武勇传》①，不是挺好吗？"

"研究得确实认真！"

哲学家说罢，仰起脖儿喝红茶。若狭大概听见了，边读边莞尔一笑。

"说不定可以当作什么资料吧。"

梓说着，拿起了玻璃杯。

柳泽斜倚着桌子，用小刀把儿戳着红茶里的角砂糖，说：

"当然喽。资料是会有的，正如筱家从小政的净琉璃②里发现哲理一样。"

"胡说八道。"

梓插嘴道：

"可是你也说过，鸟店姑娘③的话有时带有诗意哩。"

① 《岩见武勇传》是当时流行的通俗作品，主人公岩见重太郎是传说中的豪杰，周游列国，为父报仇，誉满天下。
② 净琉璃是一种以三弦伴奏的说唱曲艺。小政指明治时代著名的净琉璃说唱女演员竹本小政。
③ 鸟店指烹调鸟肉的餐馆。这里的姑娘指鸟店侍女。

三位推心置腹的朋友哄堂大笑。

这时有人从窗下的庭园里招呼道:

"真热闹呀,柳泽。"

柳泽离窗口最近,他猛地侧过身,掉头隔窗俯视,问道:

"是龙田吗?"

"有人来了吗?"

"是根岸①的新华族②,进来吧。"

柳泽边说边在椅子上坐正了。

话音未落,有双手一下子就攀住了窗口。也许以往练过器械体操,身子显得很轻捷,他把双肩向上一

① 根岸在今东京都台东区。
② 旧华族是明治二年(1869)以后对旧大名、旧公卿所封的族称,地位在皇族之下,士族之上。明治十七年(1884),对明治维新的功臣分别授以公、侯、伯、子、男的爵位,叫作新华族,系有特权的社会身份,一九四七年废止。

撑，就露出了一张神情爽朗的脸。他就是龙田，名字叫若吉。

他看着梓，含笑说道：

"饶了他吧，神月已经不是子爵啦。"

他交抱着胳膊，身子却依然贴在外墙上。

柳泽把椅子往后挪了挪，说：

"喏，进来吧。来得正好，我们刚刚在谈论神月问题哪，谈的就是这档子事。现在休息哪。神月词穷，正盼着你来呢。他说要是龙田在场就好啦。"

龙田脸上充满了生气，没等听完，就纵身跳进来，站在两人当中，把手按在桌上。然后把耷拉下来的毛线围脖往后一甩，说：

"好，神月君，他们又搬出老一套理论来难为你了吗？"

接着又用亲昵的口吻说：

"谢谢你盼我来。不要紧，这下子可以放心啦。你猜猜我上大学后为什么研究起法律来了？都是为了替好友神月辩护呀。你看怎么样？"

"请多多关照。"

梓边说边戏谑地低头致意。

龙田将萨摩碎白点花纹①的和服上衣的带子勒紧，说道：

"来，比试比试。"

"又要调皮是不是！"

哲学家双手托下巴，仰起表情温和的脸，边凝眸看着若吉，边抚摸刚刚刮过胡子的痕迹。

"我知道个八九成。所谓问题，指的是神月从子爵家出走，离开夫人，关在谷中的庙里，经常到情妇那儿去。你们攻击的就是这个吧？"

柳泽直截了当地说道：

"当然喽。"

他随即叉开腿，将小刀咯嗒一声丢在碟子里，豁出去说道：

"不幸的是，结婚的第一天，也就是举行婚礼的那一天，神月对夫人就伤了感情。"

龙田以爽快的声调插嘴说：

"可不是嘛。"

"你也知道呀。我也听说了，觉得有道理。可是仔细 想，或许是神月不对。"

①原文作萨摩飞白，系原产于琉球群岛的一种蓝地碎白点花纹棉布，运到萨摩后转卖各地，故名。萨摩是日本旧国名，今鹿儿岛县西部。

"不，怎么能怪他呢！他们从上野上了火车，正要出发去做新婚旅行，还没听见到达赤羽的报站声，只见山下①的森林里亮光一闪。神月就无意之中说了声：'啊呀，鬼火②飞过去了。'那里离谷中又近，他表达的是一种情感。于是，那个臭婆娘……"

哲学家又戏谑地打断他的话道：

"龙田，别当着老爷的面这么放肆。"

龙田回过头来说：

"请原谅。"

于是，所谓梓老爷说道：

"不要紧的。"

龙田劲头十足地说：

"瞧，她多么狂妄，竟说：'不，那是流星，是陨石。'光这么说，倒还可以饶恕。"

---

①上野区的谷中台地地势较高，此处指台地脚下莺谷至日暮里的低洼地。
②原文作人魂。谷中有墓地，夜间经常可以看到苍白色的火球在飘动，古时日本民间相信那是死人身上的灵魂。据认为可能是磷火。

三

"那位玉司子爵夫人龙子,换句话说,就是神月的婆娘,一点也不讨人喜爱。高高的鼻子,锐利的眼睛,活像是《源氏物语》里的精灵①。她那傲慢、冷漠的脸上浮着冷笑,对我们的文学士表示轻蔑。神月怎么能不生气呢。"

"对,做丈夫的恐怕生了气。但固然生气,你也得设身处地替夫人着想呀。不仅是那一次,神月的性格和行为,使夫人见了该怎样失望,你也得体谅体谅。当然,夫人的性格也未免走了极端,她过分看重世俗的名誉。但也不要忘了她享受着怎样的荣誉;她是个出类拔萃的

---

①《源氏物语》里的精灵,指的是《夕颜》卷中的六条王妃。她嫉妒得宠于光源氏的夕颜,便变成精灵将其吓死。

人，被上流社会的贵妇人当作师长和大姐来敬重。她是七岁就去法国，由那边的学校培养出来的哩。"

"等一等，稍等一等，"龙田用手掌按住桌子，打断了他的话。

"等一下，对方是打七岁就在法国长大的，俺呢，是打六岁就在仲之町①长大的，不过眼下是在数寄屋町②。"

梓面带羞愧之色，阻拦道：

"龙田。"

哲学家插嘴道：

"没关系，你就让他说下去吧，反正大家都知道。怎么样？直到二十七岁的今天，她对言行举止都极为谨慎，像旭日东升一样博得了名誉。她把这名誉连同自己留学法国，并在日本所获得的全部学识，再加上子爵的财产、邸宅、庭园，以及十几个奴隶③，一股脑儿都献给神月，做了他的妻子。假若她把这看成是恩典，那么咱们这位梓也完全具备般配她的条件。"

①仲之町是吉原妓馆区的通衢大道，后面提到神月梓的情妇、女主人公蝶吉曾在这里受艺妓的训练。
②数寄屋町在今台东区。它和汤岛同朋町都是自古以来著名的花街。
③指婢仆，此处强调子爵家权势之大。

他又接着说：

"瞧，龙田又要搬出他的鼓笛①来啦，哈哈哈哈哈哈。"

"说话客气点儿，"龙田稍微瞪了哲学家一眼，"可不，搬出来又有什么不对。人家在巴黎吃面包、读《圣经》的时候，俺们可在下雪的早晨打着哆嗦被推到门外去练习吹横笛。老鸨连早饭也不给吃，说这样一来吹进去的气儿就足了。怎么受得了呢，每天早晨在冷天下练习笛子，其间，由于接不上气，常常就昏死过去。

"于是喷上凉水，等苏醒过来了，就每人发两个冻成针一样硬的饭团子吃。回屋后就练三弦，紧接着又去练习伴奏。随后就练舞，挨舞蹈师父的揍。旧伤没好，身上又添了新伤。晚上呢，到酒宴上去伴奏，被年长的家伙②推得仰面摔倒。这下子又说那副样子太寒碜，再挨上几巴掌。这是为什么呢？原本生为同胞，一个呢，备受那些坐马车的留胡子的主儿尊重；另一个呢，只要是嫖客，哪怕是马骨头③，也得吹笛、跳

①指蝶吉。艺妓在宴会上陪人喝酒，用鼓笛助兴。
②指老一辈的艺妓，她们表演舞蹈或拉三弦时，由雏妓来伴奏。
③日本俗语，用马骨来挖苦不明来历的人。

舞来伺候。

"神月夹在两者当中，难道不该丢下那个来救这个？你们瞧，尤其她又是既无父母兄弟姐妹，又没有叔叔婶娘。她只有一张脸和四肢，以及裹在身上的绫罗锦绣，拉三弦，喝闷酒，表演舞蹈；这就是她生存的全部意义。你该怎样对待这个可怜的孤儿呢？这就看你有没有男子汉的义气啦。"

小伙子意气昂扬地结束他的话。

柳泽冷漠地说：

"怎么能这么说呢，这样的义气，连消防队员都有哩。"

四

这当儿,听见了嘎嘎的响声,就像是湍急的瀑布被切成一截截地掉下来似的。这个声音是从校舍里边远远地发出来的,它从地板下面冲过去,传到外面。

从刚才起,文学士虽装出一副笑脸,神气却显得有点忧郁,几乎是呆呆地听着柳泽和龙田的议论。他听到这声音,似乎颇为激动,怔忡不安地问道:

"这是什么声音呀?"

梓心神不宁地茫然凝视着什么地方。柳泽盯着他的脸,问道:

"你忘记了吗,神月?"

"什么?"

"刚才的声音。那不是暖气吗?"

话音未落,从这座高高的砖造宿舍的二楼笔直地垂下去的铁质落水管响起来了,深沟里冒出一团白糊糊的水蒸气。室内越来越暖和了,朦朦胧胧的玻璃窗却使人感到傍晚该是冷得彻骨。

柳泽将一只拳头往桌上一摆,直直地对准神月说:

"所以嘛,你已经忘记了住宿舍时的事。你多少次交不起学费,几乎要休学。每一次她都体贴入微地给你汇款来,还附上一封法文信。神月,大家公认你是个出类拔萃、前途有为的人。但是,在关键时刻堆上金币成全你的学业的,普天之下除了目前的夫人,还有谁呢?

"这么说来,必须承认她不仅是恩人,又是你唯一的知己。且不说为了夫人的名誉和幸福,为了子爵[①],单凭她是你的知己这一点,你的行为恐怕也有些不对吧。"

梓听罢,低下头一声不响,龙田却端正了姿势,正颜厉色地说:

"柳泽,我不在的时候,难道你竟用这些话来欺负梓君吗?可别这样。喏,等一等,且听我说。照你

①此处指夫人的父亲。

刚才的说法,那位婆娘就是凭着法文信和几笔学费买下神月的喽。那可不行。她能接济多少钱呢?左不过一两千块呗。加上利息还她,也不那么困难,而且我的梓君也不是用这么一点钱就给收买做女婿的人。他之所以终于同意做玉司家的继承人,就像你说的,是因为对方赏识他,待他不薄,使他感动了。

"但对方怎么会一开始就为了鬼火和流星的事而伤了神月的感情呢?

"总之,那位贵妇人就像是女子中学教科书的化身。一旦对她说说夫妻之间的情话,她就头疼,并且说,生理上不可能有这样的事。这叫人怎么受得了呢!

"你告诉她,鲤鱼是靠近脊骨的部分好吃,比目鱼就得吃脊鳍,她就说,怎么,难道那部分最有营养吗?成天净讲卫生,怎么受得了。什么教育啦,睡眠时间啦,再过一分钟午炮①该响了,该吃午饭啦,开饭吧。哪怕丈夫患流行性感冒,她也首先就质问医生,是不是传染性的。尽管她是贵妇人、学者、美人儿,年龄也比自己大,但谁能容忍这样的老婆呢!"

①明治四年(1871)以来,每天正午于东京江户城堡内鸣空炮,昭和四年(1929)废止。

五

"想想看,人家都说她有名誉,品格高,是上流社会妇女的典范。好听的名堂可多啦,可是骨子里她却是个追求虚荣的人。

"瞧,她刚刚跟神月结婚的时候,事先知道来龙去脉的报纸登了消息,指出夫人早就爱上了神月。据说这个婆娘气得要命,说是毁了她名誉,没脸见人啦。她拿神月君撒气,就像是神月君让报馆写的似的。哪里找得到虚荣心这么重的家伙呢,竟把爱丈夫当作天大的耻辱!多可恶呀!"

龙田厉声说到这里,气得白皙的脸涨得通红。

哲学家听得入了迷,兴高采烈地帮腔道:

"加油,加油!"

"岂但这样,数寄屋町①和神月君说得上是老天爷撮合的……

"首先,这就是他跟夫人起冲突的根本原因。神月是个虔诚的信徒,这是先天的——或者不如说是家庭带来的②。他住宿舍的时候,就经常参拜汤岛的天神庙③,到子爵家之后,也每月必去。去年夏天,他一清早就去汤岛参拜。他打算击那个扁铃铛④,正要在水钵里净手的时候,看守的小孩向他讨水钱。神月向怀里一掏,才发现忘了带钱包。他说以后给送来,但对方是孩子,怎么讲也讲不通。我们这位先生为人腼腆,飞红了脸,弄得手足无措。也怕是个什么缘分吧,这时恰来了个人,替他垫上了水钱,那就是现在的美人儿阿蝶。"

"明白啦。"

柳泽说罢,无可奈何地苦笑了一下。

①指蝶吉。在花柳界,常以住处代替本人的名字。
②镜花的家乡金泽盛行佛教,他本人也受祖母和父亲的感化,相信神佛。
③汤岛的天神庙在今东京都文京区汤岛三丁目。由于镜花的母亲出生于下谷,镜花喜欢离下谷很近的这座庙。庙的院内至今还有镜花的笔冢。
④原来作鳄口,垂在庙宇正面的扁圆形金属器皿,因下端开有细长的口子,状似鳄鱼的嘴,故名。前面悬一根布编的绳子,用以击响。

神月难为情地说：

"行了吧，都怪我不好。喏，柳泽，龙田。"

"不，有什么不好？我完全赞成。说来说去，妻子对丈夫做了点贡献，竟拨拉算盘珠子来计算自己赔进了多少名誉、财产和技艺，再也没有比这更狂妄的啦。何况还要硬让丈夫感恩领情，不得不说是无礼之极。

"然而阿蝶呢。过去吃了那么多苦——好好听着，一句话，她为神月受尽艰难困苦，几乎名震天下，可是她什么报酬也不图，只是一味巴望神月不要轻易丢掉她，别无所求，对这，你又作何感想呢？再加上她又一心一意地为神月而容①。男子汉理应把自己的名声和身体都献给她。什么名誉、财产、道义，无聊透顶，连根毛也不能还她。"

"但是龙田啊，自从有了亚当和夏娃，世界上不仅仅是这一对男女，还有别人哪。比方说，神月和他那位美人儿……"

"当然，还有我哩。"

"也有我。"

①此处引用司马迁的《报任安书》："士为知己者用，女为说己者容。"

哲学家屈身,把脸对准梓说:

"还有我。"

"再加上你也没关系。倘若全是像诸位这样的,有多少个我也一点儿都不担心。"

梓说罢,愁眉苦脸地低下了头。

六

柳泽以谨慎的口吻劝诫道：

"因此，神月，你还是克制一下自己的感情，跟那位美人儿分手算啦。"

"什么呀，还是离开子爵家，在庙里租间房住下为好。我认为你只要丢掉了爵位和那个傲慢的婆娘，你的全部罪过就不但赎清了，还立了点功呢。管他什么债呢，都别还，一不高兴，就统统赖掉。要是受舆论的谴责，在日本待不下去，你们俩就到海外去旅行罢了。要是还不行，就登天吧。于是出现了两颗美丽的星宿。天文学家看不懂，知情者却清清楚楚地看得出，那紫色或绿色的灿烂星宿在众星当中独放异彩。"

龙田说罢，仰起他那年轻英俊的脸，交抱着胳膊。

褐色的毛线围脖头也松散下来了。

柳泽拍拍他的背，安详地说：

"江户儿①！你还是老样子，把事情看得太简单啦。神月本人比你明白得多，所以才那么担心。"

桌子上端，从两头拉起一根绳子，吊着电灯。柳泽边说边细心地解开灯伞上的绳扣，然后用一只手推开堆积如山的书，拿起水壶，高挑个子的他连皮鞋都没脱，腾的一下就上了桌子，像一座铜像一般直挺挺地站在上面。就这样，他还远远够不着天花板呢。狭窄的屋子里，五个人围着桌子，四壁摆满书架，门口排列的是木屐箱，摆着脱下的鞋，挂着外套和衣服。得排除这么多障碍才能出去，学士这才随机应变，抄桌子上的近道的。三个人不解其意，吃惊地围着他，一起仰起脸往高处看。弄得连国史专业的学士也只得暂时和岩见重太郎告别。

柳泽仍站在桌上说：

"喂，躲开行不行？"

"你要干什么？"

哲学家目瞪口呆，仿佛研究什么问题般地眉头

①指的是在江户（东京旧称）土生土长的人。这里是指龙田好打抱不平，容易感情用事。

紧蹙。

柳泽若无其事地说:

"我去打开水,把红茶换一换。"

"递给我,我去吧。"

哲学家说着,蓦地站起来。

"是吗?"

话音未落,柳泽翻身下了桌子,只听得皮鞋橐地响了一声,麻利地站定。电灯泡横在桌上,像浇上朱色似的骤然发红,倏地灭了,接着又变得白亮白亮的,并放出苍白色的光!

"正好,望望星星,"龙田若吉弯腰把头伸到桌子底下,又仰起脸,睁大了清亮的眼睛说,"就像这样。"

梓似乎不愿意让灯光照着他那神情羞愧的脸,就离开椅子,匆匆退到后面去。柳泽将长长的腿尽情地伸开,随后翘起二郎腿,仰卧下来,并伸开胳膊,双手托脖颈,凝眸看着那个电灯。

这当儿,国史专业学士轻轻地拿起绳子,漫不经心地拴好,又让灯泡吊在空中。他把一只手揣在裙裤兜里,用另一只手按住红封面的书,就那样坐了下来,又读起《岩见武勇传》来了。

三两二分 *

* 三两二分相当于三元五角日币。四分合一两，二分相○于五角。明治维新后已改用新币，作者故意把标题折成江户时代的○○，以反映落后于时代的意识，以陪村前一章《红茶会》中的新思想。

七

"住了，住了，刚好。"

一个商人①模样的小伙子抬头看看天色，停下步子。看看雨住了，就把折好抱在袖子底下的外褂掏出来，拎着领子甩了甩，穿到身上。这个汉子不仅爱惜这件外褂，不让它淋着雨，怀里还揣着另一样东西。那既不是大钱包，也不是抱去向人家讨奶吃的娃娃，而是一双整木刳的席面木屐。但他并没有受尾上②的差遣，这却是某位艺妓过年买给他的礼物，像护身符一样宝贵，

---

① 原文作町屋，即下町，指东京台东、千代田、中央区至隅田川以东的低洼地区。当时住在这里的多半是商人和工匠。
② 净琉璃《加贺见山旧锦绘》一剧中，侯爷家的副女侍长尾上被人用草屐殴打，愤而决定自杀，并派使女阿初把遗书送回家。此处把这个小伙子的木屐比作阿初抱的匣子里装的那双草屐。

半路赶上了雨,怕弄脏,就揣在怀里了。他本人就光着一双雪白的脚丫子。

除了商业区松寿司①的少东家源次郎,再也不会有这号人物了。

人家都说,消防队员的号衣有个帅劲儿,而老爷的印有家徽的礼服很气派。可是阿源这个人没个准性儿,争女人时穿号衣,头上缠条手巾。冒充俳句②师傅时就穿印有家徽的礼服,叼烟卷儿,寻花问柳,比赛俳句,样样来得,把木屐揣在怀里这样的事也就不免会发生了。

且说,阿源虽然在昏暗的街上穿上了外褂,可是脚太脏,还是没有穿木屐,只是晃了晃身子,让木屐在怀里贴得牢一些。

"刚好,他妈的。"

他嘟囔了一句双关话,又大步流星地走起来。

他那张凹陷的脸活像假面具,眉毛稀疏,塌鼻梁。隔着度数较深的近视眼镜,他是怎样看待人世的呢?

---

①松寿司是东京的一家明治年间开的著名寿司店,至今尚存。寿司是把米饭用醋和盐调味后,拌上或卷上鱼肉、青菜或海苔等而制成的饭卷。
②俳句是由五、七、五共十七个字组成的短诗。

当他拐了弯，这张远近闻名的脸被第三家店铺——烤白薯店照亮时，有人从背后用苍老、粗哑的声音说：

"这不是源吗？喂，源哥儿！"

"谁呀？"

源次郎说着，把头一回，亮了个相①。

"是我。"

"呀。"

"等一等。"

那个人迈着大步走过来。原来是个秃头老爷子，三尺带②系得低低地耷拉在屁股上，还挂着两提烟袋③。

"头头。"

"啊。"

老爷子极为稳重地点了点头。这个被捧作头头的人是住在下谷西黑门町④的辰某。谁也不晓得他真正的姓名，干什么营生。他只是成天游逛，有时教给那些血气方刚的小伙子们搬运号子；小伙子们成群结队地也不知道上哪儿去⑤。

---

①指歌舞伎里演员默默地用动作来表示某种情绪的一种做派。
②三尺带是当时的工匠们喜欢系的一种三尺长的布腰带。
③也叫二提烟袋，在一根带子的两头分别系上烟管和装烟的口袋，挂在腰带上。
④东京都台东区上野一丁目。
⑤暗指他们到吉原花街去。

头头朝着源次郎鼓鼓的胸脯瞥了一眼,问道:

"那是啥?"

"唔。"

"这不是木屐吗,不是木屐吗?别开玩笑啦,也不知你是咋给唬的,有那份工夫把这玩意儿往怀里揣,总来得及踹他一脚,再逃跑哇。你碰见的是啥呀,是狗,还是人?"

"没有打架。"

"是试刀杀人①吗?"

"别拿我开心啦。"

头头故意哈哈大笑着说:

"那么,是咋回事呀?"

他似乎略有所悟,边说边皱起浓眉来。

---

①日本封建时代,武士为了试试刀剑快不快,夜间在街上出其不意地砍杀行人。这种事明治维新后已不存在,此处是说着玩儿的。

八

源次郎好像什么也没理会到,只说了句:

"没啥特别的情况,绝不是打架这类事儿。"

头头心里有数,用严峻的口吻"哼"了一声。

源次郎看到他这么小题大做,好像忽然感到难为情起来。

"是这么回事,下起雨来了,要是溅上了泥,可就……"他又重新朝自己怀里打量了一下,"嘿嘿嘿嘿,是个不值钱的小东西。"

这时,头头恍然大悟地说.

"原来就是那个。阴差阳错的,找这没缘拜见,可是源哥儿的木屐嘛,眼下名气可大啦,嗯,大得很啦。"

"没啥，不值钱的小东西。"

"胡扯，如今的艺妓，不凭草席来卜吉凶，倒想先学会用眼睛来掂量①，而你竟让她多少掏了腰包，可了不起哩。喂，给我看一眼，喏，拜见一下。"

源次郎不由得用手按住胸部说：

"头头，是这个吗？"

"就是艺妓替你买的那个。"

"咳，这小玩意儿算啥。"

源次郎内心里固然高兴，却又有点羞怯。

"这有啥关系，给瞧瞧，给瞧瞧。先供上明灯，等一等。"

说到这里，他转过身去，大摇大摆地走进了左边的烤白薯店。这是家老店，跟前的座灯上用假名②写着：

请速购香甜可口的川越③白薯。

---

①旧时艺妓为了祈求相好的嫖客早点上门，把头上插的簪子丢在房屋内铺的草席上来卜吉凶。用眼睛来掂量指的是先打量一下嫖客有没有钱，有钱就巴结。前者注重感情，后者看重金钱。
②日本字母。
③即今琦玉县川越市，盛产白薯。

下面是：

　　伏地烤白薯，俵藤助。

头头大大咧咧地招呼道：

"大爷!"

破座灯映照着泥土地的店堂，从里屋传来的叽里咕噜的念书声突然停止，有人拉开旧纸门，问道：

"谁呀?"

那就是藤兵卫。他趴在那儿，胸脯底下摊开一本京传①的读本②，慢慢腾腾地摘下黄铜框眼镜，摆在正读着的书上，双肘挂席，手托腮帮子，挺着一张满是皱纹的脸。

"是我，哼，不是啥稀客。"

"哦，头头。"

"没啥事。大爷，让我使一使店堂，想借个灯。"

"啥呀? 灯——你指的是那盏熏黑了的吊灯吗?"

"嗯，是呀。"

---

①即山东京传(1761—1816)，江户后期的日本作家。
②情节曲折的传奇读物，《八犬传》的作者泷泽马琴是这方面的有代表性的作家。京传所著读本中最著名的是《复仇奇谈安积沼》。

"那你还用得着客气。读啥情书吗?"

"不,是当票。你就别管啦。太冷啦,把门拉上吧。"

头头又朝大门外边说:

"源哥儿,进来呀。喂,你像抱着个石头地藏^①似的站在那儿发啥愣呀!别怵头怵脑的。"

从灶后面有人以沙哑的声音招呼道:

"头头,来烤烤火吧。"

"啊,干瘪了的刺青^②,近来艳福享得咋样?哈哈哈。"

"别开玩笑啦。刚添了把柴火,暖和着哪。"

"那可真阔气。"

头头转过身去,灶后头露出他那光溜溜的秃头。他又说:

"喂,到这边来呀。松寿司哥儿,进来呀。"

阿源给逼得只好走过去说了声:

"借光。"

"请,请。"

那老妪虽已七十来岁了,却还是很殷勤。

---

①地藏即佛教里的地藏菩萨。此处是揶揄他怀里揣着木屐。
②过去花街有个风俗,为了表示忠于对方,男女都在胳膊上刺上对方的名字和"命"字。这里是说,藤兵卫那个妓女出身的妻子已上了岁数,连胳膊上刺的"藤兵卫命"四个字都干瘪了。

九

"听着,老婆婆,你是穿着厚草屐①在廊子里吧嗒吧嗒走的主儿。还有为情郎破费的呢,喏,你可没想到吧,奢侈极啦。喂,瞧呀,多考究!"

头头把源次郎的私生子②一把夺下来,将其中的一只底朝上递了过去。那是用竖纹桐木制作的藤面木屐,趾袢儿是素花绸子做的。

他又把木屐翻过来,攥着趾袢儿,捏了捏:

"喏,这个。"

老婆婆双手扶膝,蹲在那儿呆望着,问道.

---

①当时的娼妓讲究在妓楼廊子里精神抖擞地走。据说让娼妓穿又厚又重的草屐,兼有防止她们逃跑的用意。艺妓会拉三弦和舞蹈,地位略高于娼妓。此处指藤兵卫的妻子是没有技艺的娼妓出身。
②指木屐。

"咋的啦?"

头头用夸张的语气说:

"咋的啦? 近来都弄得满城风雨啦,穿上这个去逛遍了五丁町①。你也知道吧,大阪屋那个包身艺妓②——就是前年的仁和加③节上装扮成武士④,征服了狒狒的那个。"

"蝶吉姐吗?"

"嗯,眼下在数寄屋町哪。那个野丫头,就喜欢出风头,天不怕地不怕。仁和加节那次,要耍竹刀,她说想正式学剑术,所以就请你家的老藤来教她。只是手下留了情,没让她吃苦头就是了。

"这下子她身穿练剑衣,小仓布裙裤,戴上护面具,套着皮护手,提上竹刀,趿拉着朴木高齿木屐,天天到这儿来。学完了,就横冲直撞地沿着仲之町咯噔咯噔走回去。这里的这位风流小伙子也同样到处吹嘘,跟她怎么相好。

"说起来,这个淘气鬼前不久还骑竹马玩,要么

---

①指江户町、角町、京町、仲之町、伏见町等吉原妓院街。
②是以卖艺来赡身的艺妓,地位低于自己独立经营的艺妓。
③仁和加是每年九十月间在吉原花街举行的庆祝活动。艺妓们在彩车上表演歌舞,沿街转悠。
④蝶吉所装扮的就是《岩见武勇传》中的岩见重太郎。

就是给学校的学生拖了去，在田地里打秋千。咋的，头一个就跟这位小伙子堕入了情海，说是'这是送给你过年的，可别告诉人'，就把这送给他了。多让人吃惊啊，就是这双木屐。"

头头说着，又把木屐翻过去。他又开两条腿坐在灶前，用一只手抽出银制烟杆，往嘴里一衔，又从在腰间晃来晃去的袋中捻了些烟丝。

老婆婆仅仅"哦"了一声。正因为她早就认识那位蝶吉，所以她才把这个说是跟她"堕入了情海"的男子——源次郎那架着眼镜（哪怕把它摘掉也好哇）的鼻子的模样，同那只木屐来来回回打量了一番，露出纳闷的神色。

头头悠然喷着烟：

"多了不起呀，好吓人哪。说是多少钱来着？啊，怎样？嗯，好阔气。"

老婆婆原不想搭理他，但是他说得太邪乎，便也凑过脸去，边眨巴眼睛边说了句糊涂话：

"头头，眼下时兴这样的吗？"

头头听罢，用申斥般的口吻说：

"嗨，你那张嘴也曾舔过七家仓库的门①，咋这么说话呀？源哥儿啊，就得仗着年纪轻啊，可不能上岁

---

①意思是曾使大批嫖客倾家荡产。

数。这位老婆婆,老早以前在里边①的时候,叫作葛叶,可红得发紫哪。那是多少年前的事来着?"

"别说啦,怪寒碜的。"

老婆婆显出一副超脱的神态,微微一笑,把眼睛掉过去。

"按老价钱②,差不多值二朱③吧。源哥儿,是多少来着? 三两二分……"

"头头,是三块钱。"

源次郎说着,鼻子朝天,装腔作势。

"啊,三两二分吗? 我也听说了还有二分这么个零头。是呀,三两二分嘛。哼,好阔气。比一个普通的棋盘还贵一点哩。相当于两间带格子门的房屋一个月的房租。了不起,好阔气。"

头头一边端详这木屐,可能是疏忽了吧,用木屐面磕打了一下烟灰。

源次郎慌忙说了句:

"头头。"

"啊,糟糕。"

---

①指吉原花街。
②指江户时代的价钱。
③相当于半分,二分相当于半两。

十

"说起那位蝶吉嘛,可也真够大手大脚的。有一次嫖客带她到中植半[1]去,为了摆阔,把一只沉甸甸的钱包交给她拿着。她脾气犟,说:'多累赘呀,扔掉算啦。'嫖客再也没想到她会当真,就说:'好哇,丢到大川[2]里吧。'这下可遭了殃。他在仲店[3]买完了东西,向蝶吉要钱包,她说:'从桥上丢下去啦。'嫖客说声:'真的吗?'唰的一下脸都吓白了。也难怪呀,据说里面差不多装着两百块钱哪。

"所以嘛,破费这么一点也是完全可能的。"

---

[1] 当时有个叫半右卫门的花匠,在木母寺境内开了一家饭馆,叫奥植半;又在向岛须崎町开了个分店,叫中植半。
[2] 隅田川流入市区后,叫作大川。
[3] 从浅草的雷门穿到观音堂的一条商店街。

老婆婆看到头头做出一副充其量不过是买上这么一双木屐的样子,马上就猜出其中必有缘故。尽管她上了岁数,可眼神儿却还挺灵。

源次郎心神不宁,有点不踏实,他想溜掉,就装作羞答答的样子说:

"头头,行啦。"

他迟迟疑疑地伸手想把木屐拿过来。头头闪开身,将木屐换在另一只手上拿着,说:

"别扭扭捏捏的,到了这个年龄了,还用得着害臊?咱们倒不是说对口相声,如果有人问你为啥回来得这么晚,你就说:相好的扯住我不放呀。就得有这样的胸襟。"

"别说这样无聊的话。"

"要不是这样,你咋能把这样的东西拿到长火盆①上去呢。听说前些日子你就把木屐脱了,走上去,塞到阿传家帐房的格子②里去给人家看。"

风向鸦③稍转了转,刮来了一点北风。

---

①头头知道源次郎曾把这双木屐拿到朋友家的房间里去炫耀,所以这么说。日本风俗,让客人坐在火盆旁,边取暖边说话。
②坐在帐房里办事的人旁边,通常立着两扇折叠式矮格子。
③风向鸦是把一块乌鸦状薄板钉在棍子上端做成的物品,竖在房顶上用以辨别风向。

"啊?"

头头转换了心情,恶狠狠地说:

"当时没把你揍一顿,就算你走运。"

源次郎提心吊胆地回答说:

"你说啥?"

"老婆婆,再添点柴火咋样?"

头头边说边往烟袋锅里塞进烟丝,摆好架势,准备干他一场。他不动声色,若无其事地将一双木屐紧紧抓住。

源次郎见势不妙,想开溜。他佝偻着身子,用抓挠般的手势,伸出去又往回一缩,试图拿回来又失败,于是连眼神都变了,说道:

"头头,这个,我还得赶路哪。"

"光着脚跑去呗,光着脚。这样好,路烂得很哩。"

源次郎又被挖苦了一通,于是搓着手说:

"我穿去。喏,我要穿,头头,对不起,请你……"

"还能不穿?木屐就是穿的,谁还能把它顶在脑袋上?但是,说不定有人就把它揣在怀里。喏,源哥儿。"

"我有点急事儿,得赶去。"

"赶到哪儿去？到哪儿？"

源次郎像是落荒而逃时一边用鞭子抽马屁股，一边咏和歌[1]一般故作镇静地说：

"嚄，就是那个，要去参加俳句会。"

"俳句会，啊，是吗？源，你的戒名[2]——不，俳名，叫啥、叫啥来着？等一等，你这号人，与其取俳名，不如取个戒名合适。我先给木屐举行火葬，引导[3]一番吧。"

"哎呀！"

"傻瓜！光着脚给我滚出去！"

---

[1] 日本平安中期的武将安倍贞任(1019—1062)败给源义家时，边逃边在马上咏了一首和歌。
[2] 佛教徒死后起的名字。
[3] 即人死后，和尚读经，对亡灵指以西方大路。

道祖神 *

* 原文作通神,指保护一路平安的道祖神。这里是暗示神月到蝶吉那儿去。

十一

穿过校园,快要走出弥生町的门①时,龙田仰望天空,说道:

"哎呀呀,天阴得厉害。神月君,那我就把你送到这里为止了。

"本来想一道散散步的,好像要下雨,我就回去了。议论归议论,也得考虑实际情况。那么,你就好好想想,可别轻举妄动。"

神月听着这位比自己年轻的朋友语重心长的话语,唯有点头而已。

"那么……"

①弥生町的门是从现在的东京大学工学院通到文京区弥生二丁目的校门。

"再见。"

龙田说罢，从校门折回去了。他在黑暗中低声吟着诗①，不一会儿就听不见了。

梓心事重重地徘徊了几步，随即转身往前走去。这时迎面来了个人，和他撞了个满怀。

那个人"唉"的一声把身子一闪，退后一步，觑着眼儿看了看神月，用嘲弄的口吻说：

"啊，是先生吗？"

这是松寿司的源次郎。不但是蝶吉送给他的那双几乎没沾过土的宝贝木屐被丢进烤白薯的灶里烧掉了，他还挨了一顿骂，大失体面。头头像训斥一般告诉他蝶吉如何嫌弃他的那些话，这比听蝶吉本人讲还要令他伤心。而且头头把木屐的谜底也揭穿了②，弄得这位情郎忍无可忍，几乎气炸了肺；但是当那位豪杰一般凶恶的头头一把抓住他的前襟后，他吓得屁也不敢放。正羞得难以自容的时候，他被烟一熏，就像喝得烂醉的人似的跑了出来，神魂颠倒，撞上了人。一看，那正是学士神月梓。哪一行的人懂哪一行的事，他追

---

①当时的学生喜欢吟汉诗。
②过去吉原花街有个习惯，当花魁（高级妓女）讨厌某个嫖客时，就把木屐摆出来，表示请他回去。蝶吉送源次郎木屐，不一定有这个意思，头头却故意这么说。

蝶吉，所以对蝶吉怎样追梓，也调查得一清二楚，连情敌的长相他也熟识。恋爱不分上下，仇恨也不分上下。源次郎正憋了一肚子气，就朝这位学士发泄出来。

他说道：

"哼，好个色鬼，你让她怀上了孕，逼她打了胎，这还不够吗！要是给衙门知道了试试，两个人都得去吃馊饭①。你要明白，我知道而不去告，是对你发慈悲。所以我要是撞上了你，你就得先道歉，再走过去。别把人看扁啦，要是捅明了，你这个学者也算是完蛋了，好个不成体统的色鬼。"

他像影子似的挨着学士往回走了七八步，谩骂道：

"活该，色鬼，我倒要看看你这脸蛋子是蓝的还是红的？喂，火鸡文学士。"

话音未落，他已转过身跑掉了。学士好像走不动了，突然伫立下来，但他毕竟有涵养，觉得这是小人口出恶言而已，不值得理睬，所以连头都没回。

"下雨了吧。"

一看天空，乌云低垂，雨点打在脸上冰冰凉，接着又是啪啪地两三滴。

---

①指坐牢。实际上，堕胎罪涉及不到男方，这里源次郎故意用话恶心他。

"啊啊。"

他嘟囔着,就像怕被雨点打着似的东闪西闪地往前走。

起初只听见轻轻地打在檐沟上的声音,不久就噼噼啪啪地打在房瓦上了。

"真讨厌。"

雨眼看着大了起来,哗的一声,又止住了,又哗的一声,再一次止住;这样反复了几次,随即唰的倾注在树叶上,寂静的天空布满了雨声。

神月已消失了踪影。

纪之国屋*

* 纪之国屋是歌舞伎演员泽村的堂名。这里指第四代演员泽村源之助 (1858—1936)。

十二

瓦斯灯的毛玻璃上写着"御待合歌枕"①字样。灯下,朦朦胧胧地出现了一个女人的上半身。神灯②的光照在她背上,防雨和服外套的颜色格外鲜明。此人急步走到格子门外,缩着肩,在柳树底下猛地用双手撑开一把崭新的蓝蛇目伞③,站在那儿。她身材苗条,姿势优美,只是脸被伞遮住了;细腰上紧紧地系着桃色绉绸腰带④;脚上是白布袜,小小的高木屐上套

---

①茶馆名。待合是嫖客和艺妓相会的茶馆。歌枕是古来和歌中所咏的名胜。
②指的是为了祈求生意兴隆而挂在店堂上端的灯笼。
③蛇目伞是元禄时代(1688—1703)开始流行的伞,上下是蓝黑或红色,中间是白色,撑开时,伞面上形成一个白圈。
④原文作桎带,是用整幅料子持成的腰带。

着宽宽的黑护皮①，在花岗石上走了两三步，咯嗒咯嗒发出细碎的声音。她的头刚一离开房檐，就伸直了腰，仰望天空。

这里刚好停着一辆人力车。车夫坐在脚踏板上等着拉座儿。看着主顾来了，就站起来，赶快掀开漂亮的车帘。挂在车把上的灯笼，发出崭新的光②，连透过蜡纸看到的灯笼架子，都干干净净。

"哎呀，没下呀。"

那个女人轻轻地收拢了伞，用一只手提着，刹那间露出了高鼻梁、端庄秀丽、细长的侧脸。她身轻如燕，欲迈过车把时，下摆紧紧的，没有散开。

"请到这边来。"

车夫说着，弯下腰，麻利地接过那把蓝蛇目伞③。她正要上车的时候，传来了咯嗒咯嗒敲梆子的声音，柳树背后的黑墙前面，出现了两个用毛巾包着头和脸的人④。

"嘿，拣各位爱听的表演一两段尾上菊五郎⑤和泽

---

① 原文作爪皮，也叫爪草，雨雪天套在木屐上以免弄湿了脚。
② 意指蜡烛是新换的。
③ 上下涂成蓝色，中间白色的伞，撑开时在伞面上形成一个白圈，像是蛇眼，故名。
④ 这两个人是说相声的，模仿歌舞伎演员的台词，沿街表演。
⑤ 这是指第五代的尾上菊五郎(1844—1903)，明治时代著名的歌舞伎演员。

村源之助。"

那个女人,听到这声音,就伫立在人力车后面了。

这当儿,板墙上边,二楼明亮的纸窗上出现了人影儿,酒馆的女佣拉开纸窗,来到走廊上。她隔着院内树梢招呼了一声:

"瞧着!"

一包钱腾空掠过墙头遮拦的钉子,啪的一声掉在两个人前边。①

"现在表演《鼠小纹春着新形》② 神田的与吉嘛,其实就是鼠小僧次郎吉③,他的情妇就是倾城松山④啊。"

稍顿一下,又说:

"镰仓山的大小名⑤,以和田北条⑥为首,还有佐

---

①这是酒馆女佣替嫖客丢下的赏钱。
②原题《鼠小纹东君新形》,是日本歌舞伎剧作家河竹新七(1816—1893)所作社会剧。第五代菊五郎在一八九一年演此剧时,把标题改为《鼠小纹春着雏形》。这里把两个标题混在了一起。
③剧中主角,他是江户时代专门劫富济贫的义贼,一八三二年被处死。
④大黑屋的妓女,次郎吉的情妇,其实第四代源之助并没演过这个角色。
⑤大名是江户时代俸禄在一万石以上的诸侯,小名是不满一万石的诸侯。剧本中把鼠小僧写成镰仓时代(1185—1333)的人,所以有镰仓山的说法。
⑥和田指出生于相模国三浦郡和田的和田义盛,北条指出生于伊豆国北条的北条时政。他们都是支持源赖朝的武将。

53

佐木，梶原、千叶、三浦①这些名家。当时的一蕳别当②工藤家呢，去了两三次。顺利的时候能捞到一两千，少的时候也能有个一二百，从来没扑过空儿。可是另一方面呢，我又把偷来的钱送到穷得出了名的曾我那一带去。虽然做坏事，可又讲义气，说得上是个土头土脑的贼。不知道倒也罢了，一旦知道了我的身份，你不会嫌弃吗？"

"我咋会嫌弃呢？人嘛，各有所好。我从小不喜欢被人叫作小姐。与其梳那抹油高髻③，宁愿梳扁岛田④；与其穿带字的贵府花样⑤的衣服，我宁愿穿粗布棉袍儿；与其被人叫作少奶奶、太太，宁愿被叫作娘们儿、婆娘。所以才丢下爹娘，被断绝了关系，成了你的老婆。不论发生啥事，我咋能嫌弃你呢！"

---

①佐佐木指出生于近江国蒲生郡的佐佐木高纲，梶原指出生于相模国镰仓郡的梶原景时，千叶指出生于下总国千叶郡的千叶常胤，三浦指出生于相模国三浦郡的三浦介义澄。他们都是支持源赖朝的豪族。
②一蕳别当是镰仓幕府时的官名。值班的首位称一蕳，武士所、公文所的长官称别当。
③大约指的是文金高岛田髻。这是诸侯家的侍女或良家小姐所梳发型，把根部梳得很高。
④扁岛田是商家妇女或艺妓所梳的发型，根部梳得低低的，像压扁了似的，故名。
⑤原文作御殿模样，御殿是对诸侯家的尊称。当时只有诸侯家的侍女准许穿满是花鸟图案的衣服，而在这种图案上再加以文字花样或小鹿花纹的衣服，则只有诸侯的妻妾才可以穿。

菊①："那么，你明知我是贼，也不嫌弃？"

源："跟你在一起，好比俗话所说'性格相似成夫妻'。"

菊："甘当夜盗的老婆？"

源："好像是同趁旅客睡觉时进行偷窃的贼在一起。"

菊："你既有此等度量，哪怕东窗事发遭绳绑。"

源："哪管被衙门押赴刑场。"

菊："倏尔双双骑光背驹儿。"

源："齐死双枪②下，罢府两不离。"

菊："两相离不开，留在招子③上。"

源："曝尸野地里。"

菊："布告街头立④。"

源："想来命无常。"

这时，从昏暗的巷子后边，想不到传来了年轻清脆的声音：

"纪之国屋⑤！"

---

①按照当时流行的台本的做法，这两个人的台词，不是写在角色的名字下，而是写在演员的名字下。
②双枪是过去施磔刑用的刑具，将犯人绑在柱上，用枪戳两胁。
③把犯人押送刑场时，狱吏举着写上罪状的招子，走在前面。
④处决犯人后，在布告牌上写其罪状，竖在街头，三十天后方撤掉。
⑤在剧场里表演歌舞伎的时候，捧场的观众经常喊演员的堂名。

55

十三

"呵呵呵呵呵呵。"

那个女人爽朗而天真地笑了笑,又漫然以兴奋的高声喊道:

"纪之国屋!"

她大概醉了,晃晃悠悠地站在相声演员背后说:

"真高兴。"

她熟头熟脑地拍了一下其中一个人的肩膀。那人吃了一惊,默默地发着愣。女人又稚气地笑道:

"呵呵呵呵呵。"

在二楼倚栏而立的那位女佣不禁起劲儿地喊道:

"哎呀!是蝶姐!"

阿蝶扬起头来说:

"晚上好!"

"神月先生来啦,他来啦。"

女佣说罢,消失在纸窗后面。

那两个说相声的吓糊涂了,大概慌得弄错了人,反而向站在背后的人①道了谢:

"嘿,谢谢您啦。"

然后,一个说"喏",一个应道"哦",转身而去。

女的连头也没回,想从柳树下穿过去,一歪身,趔趄了一下。

方才那个妇女在门口招呼她道:

"蝶姐!"

"唉。"

"当心点儿!"

"是才姐②吗?"

"好开心哪。"

那个妇女轻盈地上了车,同时车把也被举了起来。

妇女从车上说:

"再见。"

---

① 指蝶吉。钱是楼上的客人给的,他们却向蝶吉道谢。
② 作者没有交代才姐的身份,后面也提到此人,大概是比蝶吉资格老一点的艺妓。

蝶吉用纤纤手指敲着轻轻垂下来的柳枝梢，念道：

"喳喳喳哧哧哧噔噔。"①

阿才在车上"噢"了一声，假装不去看，却又瞥了一眼，然后侧过脸去。车夫蓦地将车把掉转方向。一盏写着招牌的灯笼，就像流星一样沿着黑夜笼罩下的小巷疾驰而去。

她边低声哼着"喳喳喳哧哧哧"，边哗啦一声拉开格子门。

刚才在栏杆上出现的那个女佣，此刻拉开了里屋的纸门，迅速地迎出来说：

"你来啦。"

帐房的灯光和神灯光，把下谷数寄屋町大和屋的蝶吉那美丽的姿容映照出来。

她腰上系的是昼夜带②，正面是深蓝地彩缎，用金线织出乱菊花样，反面是黑缎子。瀑布条纹③的绉绸和服，下摆是褐色的。套穿两件同样的和服④，里

---

①这是模仿歌舞伎中车子沿着花道前来时，舞台上发出的笛鼓伴奏声。
②正反两面使用不同料子的腰带。
③一种宽窄不同的竖纹，作瀑布倾泻状。
④将两件完全一样的和服套着穿，原是妇女的盛装，后来成了艺妓接客时的服装。

面是印染了红叶和轮形花纹轮形花纹①的友禅②长衬衫，配以大红里子，还有一条黑地上染着白色铃铛花的挂领。

刚刚洗过的扁岛田髻蓬蓬松松，横插上一根金簪，直径五分的红珊瑚稍稍露在外面。她双目明亮，眉毛清秀，年纪虽轻，不施脂粉，只淡淡地涂点口红；身材并不消瘦，有点富态，从小以善于跳舞自豪。

出来迎接的女佣，以为她要往前栽，就赶紧闪身，说道：

"哎呀，多危险。"

蝶吉像是要绊倒似的脱下木屐，打了个趔趄，栽进来，差点儿撞在纸门上。她把肩闪开，朝后退去，抬头看看电灯，使劲站住脚跟。呼地吐出一口酒气，精神抖擞地笑道：

"晚上好。"

---

① 象征古时贵族所乘有车厢的牛车的车轮。
② 友禅即宫崎友禅(1681—1763)，他发明了一种色彩鲜明的染法，把花鸟、草木、山水等花纹染在绉绸上。

楼梯

十四

老板娘在帐房里喊道:

"蝶姐,你得请客啦。"

这座酒馆不论房间、器皿,还是服务态度,样样都差劲。五个人一桌席,竟给两个人摆上花样不齐的坐垫,小草花图案也罢,蔓草花纹也罢,那不成套的坐垫都无非是劝业场买来的。至于放着洗杯盂、紫菜和酒壶的桌子,也不过是把鸡素烧的桌面上那个洞填上木头而已。①然而房间费用并不便宜,简直没有可取之处。值得注意的是:老板娘就像是哥哥的情人一样②,连

---

①吃鸡素烧用的桌子,中间开个摆火锅用的洞。
②这里是根据底稿翻译的,大概是指老板娘对待顾客,就像是哥哥的情人一样关怀备至,发表时经作者改为"哥哥及其情人一样",意思反而不清楚了。

女佣也都守口如瓶，绝对可靠，所以那些怕事情败露有失身份的人，也不时放心大胆地利用这个地方。

天下并没有只要是三角形就能保密的数学原理，可歌枕的老板娘却长着一对三角眼。鼻子和嘴是三角形的，眉毛剃掉①后，也留下了三角形的痕迹。高颧骨下的尖下巴，又形成一个底朝天的三角形。这些相似的三角形都相应地排列在这么个脸盘上。她把身上那件白糊糊的丝质外褂的下摆往后一甩，戴着扁平金戒指的手从长火盆的边沿离开，便从坐垫上轻轻地站起来。一条家犬也随着腾的一下抬起身。

它把那黄铜脖圈晃得咯喳喳地响，掠过蝶吉的和服下摆，沙沙地走过铺席，一个箭步蹿上楼梯，在前边带路。

这只狗眼睛尖，根据女主人的一举一动，能够领会她的心意。它一看女主人起身，就认为她准是要上二楼，于是赶在头里跳了出去。它跑上约莫六个台阶，回过头来，做出一副迟迟疑疑等待的样子。

三角形的老板娘不慌不忙地说：

"喏，请上二楼。"

---

① 按日本江户时代的风俗，女子出嫁后剃掉眉毛。

女佣也从旁催了一遍：

"请快点去吧。"

蝶吉的眼睑犹如雨天的早晨打湿了的樱花一般，染成了粉红色，说声：

"我不愿意。"

她边说边像闹脾气似的摇了摇肩。

主仆二人从两旁一本正经地伸过脸来。老板娘笑吟吟地问道：

"你这么说话，合适吗？"

女佣也微笑着说：

"横竖……"

蝶吉盯着楼梯笑道：

"我怕狗。"

老板娘匆匆走向前，抬头望着滴溜溜地窥伺着她的狗，将左手缩进袖口，又伸出一点，往上一指，那狗就像触了电一样，转过身，迅速地跑上了楼。

"不行！"

话音未落，蝶吉已把一只脚迈上阶梯，用双手支着那娇娜的身子，下摆拖得长长的，随即吧嗒一下倒下去，就像捆上去似的俯卧在阶梯上了。

老板娘和女佣一起惊叫道：

"危险!"

"哎呀!"

蝶吉充耳不闻,伸出胳膊,脚步蹒跚地边上楼梯边说:

"不行啊,不行,不行!畜生!哪里有比我先上去的道理!"

梓回过头来,轻轻地拍拍膝盖,对狗说:

"来呀。"

那只家犬正在楼梯口转悠,听他这么一叫,就毫不犹豫地猛蹿过去,突然把前爪搭在梓的袖子上,乖乖地坐在他的膝上了。

"不行嘛!哎。"

十五

"要是警察,就会说,无礼的家伙,好没规矩,讨厌,什么东西!"

蝶吉头晕脚软,勉强站住了。

"谁答应你的?畜生,过来不过来?看,揍你!"

她把袖子一扬,举起手来,但她仿佛连站着都怪吃力的样子。

"谁愿意去讨打……"

梓低着头,边说边故意抚摸狗脑袋。

"讨厌,讨厌,我可讨厌它哩。这种东西,别理它!"

"可怕啊。那位大姐说,别理你哪!"①

---

① 这是梓为了逗蝶吉而对狗说的话。

蝶吉说：

"真让人焦急。"

梓边笑边抓住狗的两只前爪，往前一伸，家犬就目光锐利地张开嘴"汪"的一声。

梓掉过半边脸来说：

"你看它生气了吧！"

"干吗这样！听话呀！哎，真让人不耐烦！"

蝶吉顿足捶胸，梓却若无其事地不予理睬。于是蝶吉说：

"可恨呀！"

蝶吉侧过脸去，边不顾一切地用手掌嘭嘭嘭地敲楼梯口的墙，边扭动着身子。本来就醉了，再这么激烈地一动，膝盖底下没了力气，差点儿摔倒下去。好不容易挺住了，用手使劲扒住墙，遮着脸，呼地叹了口气。

老板娘听到声音，感到纳闷，边上楼梯边问道：

"是怎么回事呀？"

"净挑毛病，甭管她。哼，你先上来了，又有什么关系？"①

---

① 梓这后半句话是对狗说的。

"是为这个呀!哎,多叫人为难呀,咚!"

咚大概是家犬的名字,它"汪"了一声,翘起前爪。

"来,来,喂!"

"没关系,大娘,请这边坐。"

"可是太太[①]又该那个啦。呵呵呵呵呵。"

老板娘把三角形的嘴笑圆了,侍立在那里。

"没什么,小小不言的事,进来吧。"

老板娘弯下腰,双手垂膝,戏谑地向狗打招呼道:

"哎,哎。"

咚颇能领会老板娘的心意,撂下前爪,尾巴也耷拉下来。狗的扁鼻子和老板娘的矮鼻子,隔着铺席,直直相对。

"哦,好的,好的,"老板娘点了两三下头,"那么,我就打扰啦。"

这当儿,蝶吉咚咚咚咚咚把地板踩得山响,对着墙蓦地说道:

"不……不干。"

老板娘吓得仕后一退,说:

"哎呀,对不起,真对不起。"

---

①指蝶吉,这是开玩笑的话。

蝶吉胡乱晃悠着贴在墙上的岛田髻说:

"我不干,不干。"

"哎呀,她哭啦。啊,这是怎么回事呀?吓人一跳。"老板娘将手心按在乳房上,瞪大眼睛说,"这娃娃,真让人没办法呀。"

十六

梓把咚从膝上扒拉开,端正了姿势,郑重其事地说:

"你给想想办法吧,搞僵了就麻烦啦。"

于是老板娘也正经八百地把手按在蝶吉的背上说:

"喂,你呀。"

蝶吉却冷漠地甩开她的手,说:

"不干。"

"别这么矫情。那 位来了,你还有什么不顺心的,白寻烦恼?妈可不答应。"

老板娘边说边打了蝶吉一下。

"好痛啊。"

"净说瞎话。"

"我不干。"

"什么不干。喏,真叫人不耐烦,哎!"

蝶吉浑身发颤,喊道:

"姐姐!"

"才姐早就回去啦,不在哩。喏,喏,不听话就来这个。"

"哎呀!"

蝶吉直打哆嗦,老板娘也不管,一个劲儿地胳肢她,后来吃了一惊,抱住了蝶吉的肩膀。

"哎呀,真的,老爷,她真的哭着哪。请原谅,请原谅我吧。是我不对。我以为你准是高兴得不得了,不知道是这么回事,可闯了祸啦。真对不起。"

老板娘极为后悔,伸长脖子,绕过肩膀看她的脸。只见蝶吉满脸涨得通红,眯起那双妩媚的眼睛,以欢悦的神情嫣然一笑。

蝶吉只说了声"真高兴",歪过头来,斜眼看着老板娘的面孔和神月的侧脸,莞尔而笑。

"浑球儿!"①

————

①老板娘觉得上了当,所以这么说。

蝶吉缩起肩膀说：

"不兴胳肢人的。我一挨胳肢，就要死啦。缺德，我最害怕挨胳肢啦。"

蝶吉边说边装模作样地离开了墙，理理下摆，重新站好。这时老板娘从背后把她猛推了一下，并说道：

"可恨透啦。"

蝶吉的呼吸和湿湿的嘴唇在墙上薄薄地留下一层幻影，她的身子宛如从画里拓出来的源之助的肖像[①]似的，被老板娘一下子推到房间中央，脚底下吃不住劲儿，一歪身倒在男人旁边。

她刚好把头枕在梓的膝上，用一只手拄着想起身，但支持不住，掩住半边脸，又倒下去。那件印染了轮形花纹的友禅长衬衫的里子是另一个颜色的，下摆凌乱地翻到外面，那身姿娇媚无比。

男人依旧揣着双手，蹙眉道：

"这算是什么样子呀？"

"行。"

"不行，大娘看着哪。"

[①]明治初期，演员的照片和明信片还不普及，市面上依然流行着鲜艳的彩色肖像画。泽村源之助专门扮女角，所以这里拿他来比蝶吉。

"行哩，喏，大娘。"

老板娘极为谨慎地回答道：

"谁知道呢。"

老板娘既不好漫不经心地插到两人当中去，又不甘心就这样退回到楼梯那儿，结果眼睁睁地看到了这一切。

"不行，我也没办法，"阿蝶将她那白玉般的手轻轻撂在铺席上，"我已经累啦。"

"好沉。真没办法，喂，规矩点儿。"

梓边说边狠狠地摇晃肩膀，那势头，恨不得把蝶吉晃开。

十七

"哎呀,头发松啦。"蝶吉稍稍歪过身去,举起一只手,按住梓的胸部,神情恍惚,欢欢喜喜地说,"头发散了,得怪枕头——哎呀,你别动,求求你啦。"

"怕什么,不像话。"

男人故意用申斥的口吻说,并试图把她晃下去。

蝶吉合上双目,闭紧了嘴,皱着眉,装出一副痛苦的样子说:

"我头痛,头痛。脑袋疼得厉害,你好狠心哪。"

"瞎说。"

老板娘焦躁地跺脚道:

"您胳肢胳肢她吧。"

神月默默地看了看老板娘,低头说:

"算了吧,怪寒碜的。一胳肢就完啦,咕呱咕呱叫,甭提多么吵啦。"

"哎呀,看来您净胳肢她啦。"

"啊,什么,无聊!你说到哪儿去啦。喏,老板娘,到这边来喝一盅。"

神月借这个茬儿,将一只肘支在饭桌上,总算得到解脱,用那一直无所事事地揣在怀里的手,拿起酒盅,稍举一下,说:

"喝呀。"

老板娘露出一副领会了一切的神色说:

"不,我不喝。您别想这样来糊弄我。喏,不开玩笑啦,马上就叫人铺好被褥,快打发她睡下吧。她是真醉了,看来很不舒服哩。"

神月像是不以为然地说:

"什么呀,我一会儿就回去。"

老板娘装腔作势地说:

"所以嘛,谁也没说请您睡呀。"

她一直站在门口,也不过来看看酒烫好了没有,转身就想下楼去。这当儿,趴在灯光照不到的饭桌角落里的咚蓦地跳起来,把脖圈晃得哗啷啷地响着,飞快地走出了屋子。

没想到那只酒盅竟促使老板娘下了楼。神月丢下酒盅，将手放在娇小的女人的胸脯上，问道：

"是在哪儿给灌醉成这个样子的，啊？"

蝶吉一动不动地说：

"不知道。"

"怎么能不知道？"

"就是不知道。"

蝶吉说罢，睁开了那双清亮的大眼睛。她高高兴兴地凝眸看着虚岁二十五的男人那年轻英俊端庄的脸。

"那么，我不说是给灌醉的，你是在哪儿喝的？这，你该知道吧？"

"你又要骂我啦，真讨厌。别那么一本正经的……就喝了那么一点点嘛。"

说着说着，她乜斜着眼睛，去捏自己所枕神月那和服的膝盖部分。但是又硬又挺，抓不住。她想把绸衣弄皱，既不是抓也不是抚摸，而是用指甲去挠，莞尔一笑道：

"这有什么关系呢？偶然喝一点儿嘛，不打紧的。"

十八

"不打紧？当然喽，即便打紧，谁还能说什么呢？酒灌在你肚子里，醉了的也是你，艺妓蝶吉喝醉了酒，与我也无关痛痒，没什么可说的。"

于是梓把蝶吉一推。这时酒壶连同木套①从托盘上滑了过去。一只酒盅倒了，喝剩下的酒洒了出来。这是因为酒壶正滑动时，蝶吉一起身，给碰洒的，就用不着细细交代了。

蝶吉歪身坐在梓旁边，发髻几乎贴在梓的外褂袖子上。她装模作样的双手扶膝，将脸紧凑过来说：

"哎呀，你说的话好奇怪，好生奇怪。说什么

---

①原文作袴（裙裤），是套在酒壶上的圆木器，状似裙裤，故名。

来着?"

梓将刚刚滑过去的酒壶拖到手边来:

"请你先给我斟一杯吧,尽管酒已经放冷了。"

蝶吉仅仅"唔"了一声,还是装模作样地看着。

"怎么样呢?能让我喝吧?怎么样,蝶姐,这里有个坏心眼儿的要给你添麻烦,非要请你给斟酒,不合适吗?"

"啊,很好嘛。"

梓拾起酒盅,在洗盅盂里涮涮,把水甩干净,说:

"你的意思是可以喽。既然可以,就请斟在这里面。"

"哎呀呀,刚才有人说我那位[①]捎来口信,想请蝶吉姐斟酒的,就是你吗?"

"正是我。"

"哦,精神可嘉,好的,喝个痛快吧。不要喝得太醉,喏,只怕你老婆又要着急啦。"

"好的。不过,小的从来没娶过妻室。"

"没有嘛,这就会有的。要知道,你既有此等精神,准能娶上妻子。"

---

① 指梓。

"是的。"

"说起来,模样好,脾气温柔,美中不足的是有学问这一点。但为人谦虚,长得像个公子哥儿,心直口快,憨态可掬,讨女人喜爱,性格坦率,为人可靠。你是个风流种,不是个好东西。到处在姑娘们当中引起轰动,可怜惹得蝶吉一个劲儿忧虑。这是怎么闹的?都怪你行为不端,可不能放过你。"

蝶吉边用她那好听的嗓子结结巴巴地模仿警察的声调,边从扎着昼夜带的丰满的胸脯底下掏出一面镜子,对镜理一理鬓角儿。她把梳子当作铅笔似的拿着,说道:

"喂,喂,就像先前蝶吉斗纸牌那次那样,给你记在警察的本子上。住址、姓名,照实说来,如果假报,对你可没有好处。喂!"

蝶吉鼓起那消瘦的腮帮子,一本正经地抿着嘴,竭力不让自己笑出来。

梓起初还有一搭没一搭地跟她逗着玩,后来觉得过了头,就说:

"什么呀,多无聊!"

"喂,敢对警察说多无聊!好没规矩的家伙!"

"适可而止吧,别啰唆啦!"

蝶吉轻轻地捅了一下梓的膝盖:

"喏,咱们装警察玩吧,喏,好玩着哪!"

梓也不便申斥她,只好苦笑一番:

"好悠闲哪。"

彩球之友 *

* 指女友。彩球是日本女孩子喜欢玩的一种在棉花团外面绷上彩线做成的球。

十九

神月梓是一位学士，是个在同窗好友之间以温柔典雅的风采、秀丽的容貌和渊博的学识闻名的高才生。自从为了鬼火、流星那档子事和夫人闹了别扭以来，近日离家躲藏在谷中的寺院里。但他毕竟是子爵家的女婿，也就是华族的少爷，以他的身份是不该光顾此等酒馆的。

当然，谁也不曾禁止有地位、有名声的人去嫖艺妓，只要堂堂正正地保持客人的体面，于心无愧，世人也就会睁一只眼，闭一只眼。可是梓呢，见到一介酒馆老板娘后，却不顾自己的身份，竟谦恭地管她叫作"大娘"，对艺妓呢，不是"喂""喂"地呼来唤去，而是叫她"蝶姐""你"，这岂不得说是自卑自贱吗！

比方说，当这位年轻有为、衣冠楚楚的大学士与蝶吉背着人单独相处时，就会过于温存，回顾之下不得不感到羞愧。

说起来，梓原出生于仙台，是当地的一个漆器匠之子，家境并不宽裕。不论是他去跑腿时经常见到的批发商老板，还是到他家来订货的大爷，以及住在隔壁的军官[①]太太，和对门当铺掌柜的，都很喜欢他，但从来没有人对他敬过礼。他是在见了人必须主动问候的环境中长大的。

而且他母亲又是当年从江户迁来的[②]红艺妓。这还不说，随后母亲的妹妹一家人也到仙台来投奔她。这家人的遭遇也颇不佳，姨父没过几年就去世了，两个女儿双双沉沦苦海。难道是前世的因缘不成，大姑妈有个女儿，比梓略大一些，也被迫操同一营生。所以跟他感情很好的这三个姑表姐妹，都不是小姐，也没嫁人，当然更当不上太太，统统被世人称作畜生。

母亲年纪轻轻就死了，不久，父亲也去世。他在遗言中说，梓原来有个胞姐。由于某种原因，生

---

① 原文作士官，是对陆海军尉官的称呼。战前仙台设有陆军第二师团步兵第三旅团司令部，所以住着不少军人。
② 这里是指艺妓从江户的妓馆换到仙台的妓馆。

后马上就过继给另一家人，说好彼此不通音信。多少年后，风闻那一家人也颠沛流离，这个姐姐同样成了艺妓。送葬后，到了七七四十九日①，梓的姐姐上门来了，那阵子她给一位豪商当爱妾，虽然知道家里的境况，由于没脸见人，一直没有来访。当时，梓的家境竟贫寒到全靠她送来的零用钱以及三位姑表姐妹像掏龙腮②般千辛万苦筹来的小笔款项，才算办了佛事。

小学毕业后，梓上了初中，那时刚好升了高中。学费自然是父亲用血汗钱替他交的，姑表姐妹们由于悲叹自己身世凄凉，说梓哥儿是个男子，家族当中哪怕他一个人能出息起来也是好的，于是这个给他送石笔，那个给他买算盘。另一个又接济他一个花簪芯，说是当书签用可漂亮啦。这个可爱的小妞儿还说，梓那套小西服挺合身，一块儿去照张相吧，结果挨了姐姐的骂。

---

①照佛教的规矩，人死后要在第四十九天举办佛事。
②这里指的是流传于岐国志渡浦的故事，据说那里的海女曾潜到海底冒着风险从龙腮里掏宝珠。

一

　　梓长到八九岁的时候,下学途中倘若遇上骤雨,十字路口就会出现一个手执蓝蛇目伞的雏妓,两个人合打一把伞,手牵着手回去,因此男友很看不起他。人皆有竹马之友①,梓交的都是羽毛毽儿,彩球之友。

　　父亲死后,姐姐头一次登门拜访。梓抓住了这个机会,完成高中的学业到东京来了。学费是姐姐出的——从她丈夫的腰包里掏的——可是学业还没完成、大志未酬时,仅仅比他大两岁的姐姐,就像插在壁龛上花瓶里的一朵纯洁美丽的茶花一样凋谢了,随着爹娘到九泉之下去了。

---

①男孩子喜欢骑竹马玩,竹马之友指男友。

最后，三位姑表姐妹分别把头饰、一根腰带、一只戒指卖掉，替他凑了二十多块钱——这还不够他两个月的学费。可怜啊，一个患了眼病，一个几乎发了疯，另一个据说被人带到北海道去了。从此杳杳无踪。

由于这样的环境，梓从小朝夕出入于红楼绿家、花街柳巷，对妓馆是习以为常的。但不论是由于思慕而去，还是有事互访，对方要么是包身艺妓，要么是对半分红，反正都有主人，势必得向在帐房里翘起一条腿坐着的老板娘问寒问暖，又得向在里屋盖件薄薄的棉衣睡午觉的老板低头致意。

简单地这么一说，听起来梓就显得太没出息了。但人家的仆人并不是自己的仆人。倘若看门的书生[①]替来客摆鞋，迎进送出，而来客竟误以为仆人是尊敬自己，服从自己，那就未免太狂妄了。摆鞋是伺候主人而为，并非对来客尽的礼数。

对待艺妓也是如此。只有当你作为嫖客，叫来了艺妓，兴致高涨，赏她酒钱，命令她拉三弦、喝酒、唱曲、斟酒时，才可以把她看成操贱业者而予以轻视。但当她讨厌你，严厉拒绝你，并把你推出门外时，

[①]住在主人家里半工半读的学生。

你就好像被竹枪放的豆弹打中的鸽子一样惊慌失措地离开。此刻的嫖客,不分工商文武,只能认为是吃了败仗。何况还有很快就给别人请了去①,压根儿不搭理你的呢。

尽管是王八②老板,妓院老鸨,既然你不是作为嫖客,而是作为一般人来访问,所以非但对方不会对你毕恭毕敬地行礼,反倒是你要向对方点头致意。

纵令妹妹是淑女,而姐姐是卖淫妇,但她仍不失为姐姐。要是你在山中迷失了方向,向一个山贼问路,他非但没有加害于你,反而指引你下了山,那么他即便是山贼,仍不失为你的恩人。说他贻害于人而予以告发,恐怕于心不忍吧。然而有人竟去告发了,以后这个人吃了报应,浑身是糨糊血③,倒在地上挣扎。戏里这样的角色,恐怕没有一个头牌演员愿意扮演。

从母亲起,姐姐、姑表姐妹,小时支配梓的七情④的,都是受苦人。虽然走到哪里也用不着顾忌,然而回想起来,半生坎坷,境遇也太凄惨了。

---

①有时嫖客可以把正陪其他客人的艺妓请到自己这里来。艺妓不愿陪某个客人时,也可以借口要陪其他客人而匆匆溜掉。
②原文作忘八。丧失了仁义礼智、忠信孝悌的意思,此处指妓馆老板。
③糨糊血是演戏用的,在糨糊里兑上红颜料,涂在身上。
④七情指喜怒哀惧爱恶欲。

浴罢归来

二十一

梓来到东京后,在本地最怀念的是汤岛。在汤岛,他尤其喜欢倚着铁栏杆,俯瞰那四下里挤满了方形房屋的天神下①的一角。

说起怀念,他并不曾在这里做过什么;只不过天神下是他母亲诞生的地方,那就恍若重温前世之梦。

说起来,这个腼腆、没见过世面、脆弱的美少年,一看到周围那陈旧的屋檐,就揣想莫非是母亲住过的房子不成。每逢攥住垂在神社檐下的铃铛,就认为母亲十七八岁时恐怕用手摸过它。当他瞥见排列在左边的俏丽的小楼栏杆上晾着红绸里的和服时,尤其是夜间,

---

① 指的是汤岛天神社东北的低洼地带,当时是花街的一部分。

当纸窗上映现穿衣镜的影子时,他心里就总是感到欢喜,愁绪和依恋之情油然而生,经常形影孤单地伫立在那里,恋恋不舍。但眷念也罢,恋慕也罢,宛若渺渺碧天上的云彩,只不过是茫茫幻影而已。然而有一次,竟出现了一个能够支配梓的感情的具体的人。也就是使他得以倾注满腔眷慕之情的菩萨,外形酷似妇女所信仰的正尊——典雅、尊贵、崇高、端庄、神秘的大慈大悲观世音。

那时玉司子爵的小姐——如今嫁给了梓的龙子还没用法文写给他信来。梓的姐姐死了,姑表姐妹们也都离散,学费没有了着落,他就休了学,暂时搬出宿舍,寄居在朋友租住的连檐房里。那对夫妇也穷得厉害,被房东赶出那间宽九尺、进深十一尺的斗室。那一天,怀才不遇的梓照例在汤岛神社的院内彷徨,百无聊赖地倚在铁栏杆上消磨时光,傍晚回去的路上,遇见了那对夫妇。他们把家具什物堆在一辆排子车上,雇人沿着台地下面的妻恋街①拉了过来。

男的说:

"我们搬到天神下去了,门牌××号。你随后

---

①在今文京区汤岛三丁目。

来吧。"

女的说：

"神月先生,我们把装不下的破烂儿存在街坊家了,你来的时候,雇一辆车一道拉来吧。"

夫妇俩显得无忧无虑,依旧守在排子车两旁,跟他分手而去。

梓按照友人的意思,回到同朋町那栋连檐房,把剩下的东西打点好。他自己也有书架和桌子,所以双人人力车是堆不下的,他就改雇了一辆搬家用的排子车。

天神下离得不远,梓手提煤油灯,跟着车,从男坡[①]后面穿过去,来到目的地,但是找不到那个地址。

不知是对方说错了,还是梓本人听错了,他向负责租赁房地产的人打听,也完全摸不到头脑,只好跟在排子车后面兜圈子。足足耽误了两三个钟头,天色逐渐黑下来了。拉车的抱怨道："怎么这样糊涂!"即便折回去,连个睡觉的地方也没有。梓弄得十分为难,狼狈不堪。由于车上没有挂灯笼,路过派出所时受到了申斥。拉车的说:

---

①从汤岛天神神社院内有两坡通到上野广小路,南边的较陡,叫作男坡,北边的叫作女坡。

"你不会点上手里那盏煤油灯吗?"

拉车的憋了一肚子气,嘴里来回嘟囔道:

"哼,真糊涂。"

二十二

黑夜中,神月梓提着点亮了的灯笼,站在排子车前面,在天神下来回转悠:先到拐角的酒铺道了声"劳您驾",又在纸烟店喊了声"借光",最后在米店窗户下又说了声"对不起",可是,得到的回答都是"不知道""闹不清"。每当他碰了钉子,拉车的就在背后咬牙切齿地发牢骚。梓弄得忍无可忍的时候,又下起雨来了。

梓脸色苍白,内心焦躁不安,前额暴起粗粗的青筋。他性格温顺,素不喜欢跟人拌嘴,争争吵吵,有什么不愉快的事也竭力忍耐。这时却不由得心头火起。他肚量狭窄,恨不得把煤油灯摔在排子车上,出出这口气。他暗自思忖着:

"——要是灯摔得粉碎,煤油引起熊熊大火,会连车带东西都烧成灰烬吧。"

这个年轻人是干得出这等事来的。

这当儿,蝶吉咯啦一声拉开妇女部那写着瀑布澡堂①字样的门,走了出来。她身穿绉绸家常衣服,系着一条粉红色腰带,罩一件只在后背上染有家徽的黑绉绸外褂。领口松松的,脚穿整木刳的高齿木屐,越发显得身材苗条。手里拿条湿手巾,口衔红绸糠袋②,边走边撩两鬓那刚刚洗过的披散着的头发。她离开了仲之町的艺妓馆,打算另找一家,暂且闲住在附近的一家相识的荐头行里。

这是春末夏初,酝酿着一场大雨。年方十七的阿蝶,就是这样在黑腾腾的街上与梓萍水相逢的。蝶吉仿佛看见一只蝙蝠几乎擦着地翩翩而飞,米店早已上了门,两三道微弱的灯光透过绳门帘③投射到街上。只见一个白面少年背着米店,手提煤油灯,朝着这边悄然而立。当时,梓秀眉倒竖,正要把煤油灯摔在脚踏板上。阿蝶是个地地道道的江户儿,就讨厌那些眼梢儿耷拉下

---

①原文作泷汤,泷是瀑布的意思,汤是澡水、澡堂的意思。
②日本江户时代(1603—1867)以来,妇女将糠装在方形小袋里,用以擦身。
③即在横着的竹竿上挂起多根绳子做成的门帘。

来的。阿蝶不认生，年纪又轻，为人洒脱。她看见这个风度翩翩的书生怒气冲天，就觉察出其中必有缘故，于是喜气轩眉地招呼道：

"喂，到哪儿去呀？"

一盏红灯笼划破了暗夜。那个人身后有一辆堆满破烂的排子车，以及车夫的黑影儿，他提着煤油灯趋上前来，由于内心烦躁，没好气儿地说道：

"找地址呢。"

蝶吉笑容可掬，殷勤地问明缘由，说：

"哦,今天搬来的吗？那位老爷是不是长得胖胖的，扎条兵儿带①，系着围裙？他太太长得挺俊俏，夹衣上挂了衬领。喏，就在那儿。"

蝶吉边说边用手里的湿手巾指了指。原来她寄居的荞头行是那栋连檐房所在的那条胡同口上的第二家。

荞头行旁边是一家门面很小的酥脆饼干店。饼干店和对面胡同的拐角处有栋以做花簪为副业的连檐房。胡同尽头有一堵黑板墙。沿着板墙向右一拐，是一扇潇洒的格子门，门内挂着神灯，但不是这一家，而是

---

①兵儿带是男人日常系的一种整幅布料捋成的腰带。由于萨摩地方的兵儿（方言，指青年）喜欢系、故名。

左边那座木板顶小房。有个突出的廊檐,一眼就能看到后面的一道石墙。那就是新搬到的地方。

那簇房子是藏在天神神社下面的世外桃源。它们被柳树、松枝遮住,覆盖在大屋顶和鳞次栉比的二层楼房下面,从男坡上也是看不见的。

射箭场[1]被拆除后,即使倚着铁栏杆俯瞰,尽管就在眼皮底下,可是连一座房顶也看不到。

---

[1]原文作矢场。江户时代至明治时期,在浅草公园和汤岛天神神社院内开设的射箭场。但因场上负责拾箭的妇女悄悄卖淫,有伤风化,自明治十九年(1886)起予以取缔。

幻影

二十三

胡同拐角处的花簪匠的房屋和饼干店之间装有一扇栅栏门,管事的规定,不准拾废纸者入内,晚上十点钟上门。就跟禁止在公共水井台上洗尿布、旧木屐和脏东西一样,严格执行。

迁居后第五天的晚上,梓过了十点才回来。到栅栏门跟前一看,已经上了锁。那边的澡堂已打烊,传来了刷地板的声音。男坡下的心城院[①]也上了门,柳影暗淡,人们已经睡熟。人力车沿着凿崖而修的坡道飞驰,车夫彼此吆喝着,以免相撞。幸而可以从胡同口的饼干店的店堂穿到连檐房。所以关了栅栏门后,

---
①心城院是坐落在男坡下左手的一座寺院。

人们总是找这个窍门。老板娘看见了梓，不等他开口就明白了，说道：

"读书的少爷，请您提着木屐，打这儿走。"

梓感到难为情，就掉过脸去，正要从店堂穿到后面去的时候，蓦地碰见了前几天那位美人儿。她也手拎木屐，从后门袅娜地走了进来。两个人在门槛那儿擦身而过，里面的大红长衬衫从和服的袖口那儿露了出来，一晃一晃地，几乎缠住了梓的手。一股薰香[①]扑鼻而来。他俩面面相觑。

阿蝶说：

"你好。"

"……"

"来玩吧。"

她说罢，不等梓回答，早已吧嗒吧嗒走到门外去了。

接着就向饼干店老板娘招呼一声：

"大娘，打扰啦。"

随即咯啦一声拉开荐头行的大门，门上的铃铛丁零零响着，她走了进去。原来这一天的晚上，蝶吉到

[①] 自平安时代 (794—1192) 起，日本人讲究焚香木，用以薰衣服和头发。

胡同里的常盘津①师傅那儿串门去了，刚刚回来。

过不久，梓就接到了法文信，遂离开这座隐寓，重新住进学校的宿舍，在桌上摊开拜伦的诗集，肃坐而读，感动不已。他本来就怀念天神神社，这下子愈益眷恋这座庙宇了。

梓自然不可能知道那位美人是谁，只是先后相逢了两次而已。而且也并未细细端详，年龄和长相均未看个分明。只是从她那身打扮，一眼就看得出并非良家妇女。俨然是这座大城市的艺妓装束，把梓吓得毛骨悚然。

然而，正当他走投无路的时候，她告诉他房子在哪儿，事情虽小，梓却把她视为大恩人。梓觉得，是亡母显灵，救了自己。这里要交代一下，梓的母亲原是艺妓，而且生在天神神社下面的低洼地带。

光阴荏苒，但听说那棵柳，这棵松，以及澡堂子，都是多年前就有的。如今，周围的女孩儿们仍聚在庙②门前嬉戏着，还唱拍球③小调儿④。房檐、屋脊、土壤

---

①即常盘津节的简称，是伴随歌舞伎舞蹈的说唱曲子，颇受江户市民的欢迎。
②指心城院。
③原文作鞠，指在棉花团外面缠绕彩线做成的球。
④泉镜花在《莺花经》一文中写道，他的亡母最喜欢的一首拍球小调儿是："俺有姐儿仨，一个击小鼓，一个打大鼓，一个住下谷。"

的颜色都依然如故。由于恋母心切,每见一座房子,梓就不禁产生幻想,寻思莫非那就是从前母亲住过的地方。关于暂时寄居的那座古老的破房,他也想入非非,把它当成栩栩如生地描摹出来的幻象。他浮想联翩,不知怎的,只觉得蝶吉活脱儿就像是他的亡母年轻的时候。在饼干店里和她擦身而过之际,他也感到母亲就是这么长大的,在她这个年龄上,也在此地干过这样的营生。恍惚间,仿佛前一个世纪的活生生的幻灯片[①]在眼前重演。

[①] 原文作映画。这是江户时代享保年间(1716—1735)开始流行的一种幻灯。用灯光把用透明颜料画在玻璃上的画映照在银幕上。十九世纪末废除。

清晨朝香

二十四

梓大学毕业后,由比他大两岁的龙子,也就是那位写法文信的小姐,接去做了乘龙快婿,遂继承了子爵家的家业。不知是因房产主换了人,还是房东另有安排,他原先隐居过的那座寓所的木门被钉死,再也看不到昔日的风貌了。转到连檐房外侧一看,酒铺的两座库房的屋檐之间开辟了一条幽暗的小胡同,通向另一条街。他一味地想着,这条小巷恐怕是通到朋友租过的那间屋子的。不用说,曾经收留过他的朋友夫妇早就搬走了,下落不明。如今他身穿印了家徽的和服外褂,绝不能冒冒失失地撞进那条小巷。巷子窄得人们面对面地吃饭,向窗外一伸手就能借到酱油。如今既不能进去,又打听不到,就越发想念。自从当上了玉司子爵梓先生，身份就不同了。每逢进出公馆，都要惊动婢仆送迎，排场很大，引起行人注目。所以逐渐地就改为隔几天，甚至隔几周到汤岛散一次步。花儿越远，越觉得香，这下子他对汤岛就更眷恋了。

梓就是怀着这样的感情，而且是在参拜汤岛的早晨，与蝶吉在此地重逢的。那是在洗手钵前面，柱上吊着桔梗连①奉献的灯笼，上书以嫩叶、幡旗、杜鹃为季题②的俳句③。曙光初照，浮云片片，树梢上挂着残月，恰似一幅水墨画。

正如这一天龙田若吉在宿舍的红茶会上所说的，从某种意义上来说，那一次梓也被蝶吉救了。

那本是微不足道的事。梓这个人是在穷困中长大的，受尽了磨炼。虽然如今已做了文学士，而且又是玉司子爵夫人眷爱的丈夫，但他完全不把零用钱放在心上。那天早晨不知是没带呢，还是忘了，要么就是钱包掉了，反正身上一文不名。他拿起柄勺正要净手的时候，一个圆脸蛋儿孩子从装豆子的④一排瓦盆后

---

①桔梗连大概是俳句诗人结社的名称。
②嫩叶、幡旗和杜鹃都是初夏的季题。五月五日男儿节时挂鲤鱼形的幡旗。
③原文作句合，也叫句会。俳句社的同人们用同一季题咏成俳句。将佳句写在灯笼上，吊在天神神社院内的柱上，奉献给神社。
④豆子是朝香者买来喂鸽子的。这个孩子管收水钱，兼卖豆子。

面伸出头来说：

"给水钱呀。"

梓向怀里掏掏，又摸摸和服的两只袖子，都没有，腰带里更不见皮夹子。

他不由得慌了神儿，喃喃地说：

"怎么回事呢？"

"给水钱呀。"

梓弄得很难为情，就做出一副纳闷的样子说：

"奇怪，奇怪。"

其实这是装腔作势，他并没有被扒窃的线索。

而孩子却重复地说：

"给水钱呀。"

"嗨，我大概忘了带皮夹子啦。"

孩子直眨眼睛，不由分说地只管催着：

"给水钱呀。"

梓生性腼腆，给那年仅六岁左右的孩子弄得满脸通红，无地自容，准备向后退去。这时，那位华容婀娜的人儿刚好也来朝香，在他背后一站，稚气地莞尔而笑，从口常扎的缎子腰带间抽出一只包在怀纸①里

---

①怀纸是日本人出门时带在身上备用的白纸，酒宴上用以写诗歌、放点心或擦酒盅。

的鼓鼓囊囊的钱夹，托在手心上。她随即打开那猩红地锦绸①钱夹，掏出一个绿天鹅绒做的蛙嘴式玩具钱包，仿佛用大拇指和食指圈成的那么小。她咔吧一声拧开钱包，就像幼儿扒着袖子往里瞧那样，天真烂漫、高高兴兴地眯起杏眼看了看，拈起一枚闪亮的小银币②，朝那边③扔过去。

"小和尚，老爷那份也在里面。"

梓的神情忽然变得严肃起来。

美人儿回眸嫣然一笑：

"请你把手伸过来吧。"

事已至此，梓一面暗下决心以后一定谢恩，一面蓦地伸出他那双像医生般干干净净的手。蝶吉替他浇上一勺珍珠般的清水，碰在手上就迸溅开来。接着又浇上一勺。蝶吉不让他甩掉手上的水珠子，却安详地说：

"用我的吧。"

她稳重地向他递了个秋波，略仰起脸，拽了拽手

---

①原文作襕褛锦，也可以写作缎锦，是京都西阵所产织有花鸟的锦绸。
②当时的银币分五角、两角和一角三种。通常每人给一枚铜币（一分钱）的香资就够了。
③那边指洗手钵。

巾的一角。她奉献的那条手巾[①]还蛮新的，一点也没磨破。

茶色地上印着"数寄屋町大和屋内蝶吉"十个白字。

梓由衷地第一次开口说道：

"阿姐，我一定报答你。"

"哎呀，这算得了什么。"

梓加重语气说：

"真的。"

于是，他们两人就分手，沿着铺石走了。那些栖在匾额堂[②]的檐儿、神社的飞檐、牌坊底下以及净手间屋顶上的鸽子，东一处，西一处，不时地叫着，其中两三只从他们之间轻轻地飞来飞去。四下里阒无人迹，远远地传来了叫卖豆豉声——这是两年多以前的事，而今天晚上，两人又在歌枕幽会了。

[①]信徒们把奉献给神社的手巾挂在洗手钵上端，以便大家擦手用。
[②]这座殿堂里挂着信徒们所奉献的匾额。

荒谬绝伦

二十五

蝶吉突然改用喊喊喳喳的语调说：

"今儿晚上我挺高兴。这阵子身体不好，你又好久不来了，所以心里一直郁闷得慌。"

这个女人反应敏锐，心情转变极快。她那颗纯洁的心如同明镜，不论看到了月亮、鲜花，还是听到了黄莺、杜鹃的鸣叫，都会使她立形于色。

梓也依恋地点点头说：

"近来有点儿忙，所以虽然听说你生了病……"

"是发奋用功来着吗？"

梓漫不经心地回答了一声：

"嗯。"

他忽然惦念起一件事来，就露出忧闷的神情。

那蝶吉却浑然不觉,只说了句:

"是吗,好狂。"

"你太没有礼貌了,人家在用功,怎么能说是狂呢?"

"你又不想发迹,当上个坐马车的主儿,多没意思呀。看再累出病来,就糟啦。"

"可是游手好闲的话,连饭都吃不上哩。"

"我替你挣。"

蝶吉说罢,那张稚气未脱的脸上泛出极其赤诚的表情。

梓听了,像是有点于心不安似的,就笑着支吾地说:

"拜托啦。"

"嗯,我知道啦。"

"可是,我可讨厌木屐那档子事。"

梓毅然决然用冷冰冰的语气说,随即含情脉脉,凝眸看着蝶吉。

蝶吉似乎感到意外,就若无其事地说:

"哎呀,怎么说起这么奇怪的事儿来啦。"

这当儿,梓端正了姿势:

"不,才没说什么奇怪的事儿呢。对我有所隐瞒,可就不好了。你说说,松寿司到底是怎么回事?"

他毕竟不便挑明,所以是兜着圈子问的。

"好没意思,还吃醋哪。他才不是你的对手呢,何必为他多心。你这话说得好像完全没见过花街的世面,让人笑话。"

"不过,是真的吗?"

"唉。"

蝶吉怪难为情地答了一声,随即抽搐了一下和情人相互望着的脸。

"是这样,喏,我是完全蒙在鼓里的。"

她低下头,用烟袋杆儿不知不觉地敲着自己的膝盖:

"反正那档子事就那样了结啦。他算是什么东西,你竟把他挂在心上,我心里真不是滋味。我不是别人,是蝶吉呀。"

她说着,懒倦地强露出一副笑脸。

"不是这事。是肚子里的……"

梓说了半截儿话,不禁掉过脸儿去。

"哎呀。"蝶吉默默地低下了头。半晌,红着脸问道,"你听谁说的?告诉我,打哪儿知道的?"

"喏,我在路上听见了几句使我着急的话,所以不由得就……"

蝶吉惊愕地问道:

"你还听说了什么?"

二十六

"你不要介意。你也知道,我从来没有冶游过,你是头一个。原以为,干这一行就得扯谎。可是你说:'太寒碜啦。哪怕是扯谎也罢,要是有人说爱上了你,装出一副爱你的样子,那就准是爱上了你。你就只当她爱上了你就成了。一个劲儿地猜疑,太寒碜啦,不像个男子汉大丈夫。'我心想:果然如此,就自以为被你爱上了。可不是嘛,我一直认为你迷恋我,我才以情夫自居。所以我绝没有打破砂锅问到底,这样那样地跟你过不去的意思。只是到这儿来的路上,松寿司那家伙指桑骂槐地说了些怪话。"

蝶吉粗声粗气地说:

"真讨厌!"

听她这腔调，既好像是对偷看闺房者心存鄙夷，又恰似因自己的行为有失检点而羞愧难当，随即犯起嘀咕来，便干脆促使对方宣布自己的过错，于是以微弱的声音问道：

"他说什么来着吗？"

神月直截了当地说：

"统统说了。"

蝶吉一本正经地说：

"嘀。"

她这语气，仿佛一下子长了三岁似的，接着又改变音调说：

"可是，已经完全恢复了。听说在西洋，大家对这种事儿满不在乎。在乡下，都认为这是应该的。我已经利索了。

"师姐说，幸好也没落下毛病，为了祝贺我康复，今天晚上替我煮了红豆饭①，而且还喝了一盅，庆祝了一番。这有什么不对吗，嗯？嗯？"

蝶吉看出梓的神情不对，觉得奇怪。

梓一时说不出话来，只是默默地交抱着胳膊。

---

①日本人有喜庆事时，讲究吃大米（或糯米）里掺上红小豆的饭，以示祝贺。

"喏,你发什么愁呢?是为了我吗?我做得不对吗?"

"那还用说吗?"

真是荒谬绝伦。

"可有什么办法呢?"

蝶吉无可奈何地眯起那双杏眼,朝下望着,微微一笑,旋即仰起脸儿,眨巴着眼睛说:

"不过,说是只要干了一次这样的事,就一辈子不能养娃娃啦。可你不是不要娃娃吗?你不是说过,哇哇乱哭,讨厌得很吗?当时我说,三岁的娃娃叫爹叫妈,说些逗人的话,怪可爱的,从别人家领一个来养吧。你说,连这也麻烦,要想听逗人的话,养只鹦鹉就足够啦。"

梓弄得目瞪口呆,无言以对。

蝶吉得意扬扬地说:

"喏,瞧,不是蛮好吗?我也不想要娃娃嘛。"

说到这里,将身子略微一歪,向情人送秋波,并用手按住胸脯给情人看。

"这边的奶是菜,这边大一些的是饭,你不是说过要就着吃吗?"

她使劲一勒,缩着肩,笑眯眯地浑身战栗了一下,说:

"哎呀,好痛!"

二十七

梓憋不住了,就用较严厉的口吻说:

"阿蝶!"

每一次挨骂的时候,蝶吉自有一套办法来打岔。此刻她照例用三指扶席①,毕恭毕敬地叩头。于是她那刚刚洗过的光润的头发便呈现在梓眼前。她梳着扁岛田髻,扎发根的纸捻儿向两端翘起来②。她装出男人的腔调,忍俊不禁地问道:

"招小人来,有何贵干?"

---

①日本女子用两只手的拇指、食指和中指扶席叩头,以示殷勤。
②原文作奴元结,当时的妇女将日本纸捻成线状,用以扎发髻。这种纸捻儿叫作元结。扎好后,纸捻儿两端翘起来的叫作奴元结。因形状像江户时代的奴(武士的侍从)所梳的奴头(将头顶剃光,只在双耳上端各梳一个向两边翘起的短髻)而得名。

梓这个人心肠软。看着一直低着头的女人，就感到凄凉，泄气了，不觉热泪盈眶。他咬咬牙，凑上前去，以膝盖抵住女人的膝盖，用手按住女人的肩头，趁其不备，蓦地把她扶抱起来。

女的吃了一惊，他紧紧地盯着她道：

"可怜虫。你是个苦命的妹子，不谙世事，所以我决不责怪你。即便你现在吐着舌头对我说：

"'咦，你受骗了，傻瓜！给你灌点米汤，就高兴得什么似的。一听说你算是什么情郎，就败兴。瞧你这个德行！'

"我听了这些无情无义的话，也完全不会生你的气。

"不，即使我懊恼、气愤，也决不会说你不近人情。

"倘若你明知是冷酷薄情而这么做的，那就令人冒火了。但想到你的一切言行都出于无知，就应该原谅你。

"所以我什么也不说了。不过，听说你总念叨我缺乏经验，是个哥儿，完全是个外行。当然，关于是不是该把第三弦调低，或把第二弦调高，曲调①是该

---

①指清元节和长谣曲。这里，梓借音曲来暗示自己不谙花柳界的事情。清元节是江户净琉璃的一种。净琉璃是以三弦伴奏的说唱曲艺。

拉长呢，还是缩短，我是一窍不通。论冶游啦，风流啦，这些方面我确实是门外汉。我只知道，天气这么冷，只图俏皮而穿夹衣，会伤身体的。但我也知道，你看不起这里的艺妓，嫌她们穿了棉衣太邋遢①。

"穿得薄，身材显得苗条，当然漂亮喽。据说你们是受了训练，故意语无伦次，说些没谱儿的话：要装得傻里傻气、天真烂漫才够格儿。我成天翻字典，查方块字，耳朵里听的净是深奥的大道理。所以你有一搭没一搭地说那些莫名其妙、孩子气的糊涂话，我听了很高兴，感到好玩，心里得到安慰，逐渐发生了感情，疼起你来，不知不觉成了目前这个样子。但是稚气也罢，天真也罢，要是把胎儿……你听着，要是让政府知道了②，就成了罪人。干下这样见不得人的勾当，还去吃她们的红豆饭③，喝得醉醺醺的，你太不知好歹啦。"

梓这话是悄悄地说的，但是声音和手劲儿都越来越大。蝶吉并不把飞红了的脸扭过去，只是倒吸气似

---

①蝶吉原先所在的仲之町的艺妓冬天也穿夹衣，她便认为现在的数寄屋町的艺妓穿棉衣太邋遢。
②按当时的刑事法，人工流产被视为犯罪行为，违法者要坐一个月以上、六个月以下的牢。
③这里梓在谴责大和屋艺妓馆为了让蝶吉继续操艺妓行业，利用她的无知，让她堕胎，还骗她说这是喜庆事的事情。

的颤动着嘴唇。

梓盯着她说：

"可怜虫，我绝没有责备你的意思。正如我刚才说的，因为你什么也不懂，我就毫不介意。你十九，我二十五，我是比你大六岁的哥哥。喏，我把你当成妹妹，你就听我说吧。"

杂耍班子

二十八

　　这下子梓想起来了。一个来月前的夜里,他和蝶吉也曾在这个歌枕幽会。蝶吉拐弯抹角的一个劲儿问他想不想要娃娃。他只把这话当耳边风,没有放在心上。但在这里仔细一问,松寿司那番恶言恶语,原来是有根据的,实在出乎梓的意料。他十分惊讶,目瞪口呆,怜惜之情油然而生。

　　蝶吉曾像发现了什么伟大学理一般天真地告诉梓,她赶海①去了,吵吵闹闹地乱走　气,还喝了海水,可咸啦。

　　她还说,小时淘气,挨了骂,就从家里逃出去,

---

①趁落潮到浅滩去捕鱼贝玩。

混到附近的杂耍班子里，嘣嚓嚓、嘣嚓嚓地跳舞，追踪的人竟认不出她来，扑了个空，就回去了。

她随即问梓：

"我的脸现在还像丑女面具①吗？"

蝶吉就是这么个脾气。她还说，走在街上，如果觉得某人态度傲慢，她就撞他一下。梓规劝她道：

"糊涂虫，要是把那个人惹急了，怎么办？"

蝶吉一本正经地说：

"他要是打算揍我，我就混到二十五座②里去，表演杂耍。"

梓对她简直是一筹莫展。他认为，如今她已十九岁，总不至于相信那样就能逃脱，但她不仅是嘴上这么说说，确实稚气未脱。要是告诉她，堕胎就触犯了刑法，她也压根儿听不懂。要是对她说，警察将把你抓去，关在监狱里。她就又会回答说，我跑去混到二十五座里去跳舞。真叫人没办法。

梓越是跟她熟稔，越了解到，她之所以这么缺乏

---

①举行庙会时，男的戴眼睛一大一小、尖嘴巴的丑男面具，女的戴胖脸塌鼻梁的丑女面具，在彩车上或临时搭的舞台上表演滑稽舞蹈。
②二十五座是东京附近的神社里举行庙会时表演的"太神乐"的称呼。因有二十五种曲目，故名。

常识，完全是出身造成的。于是越发堕入情海。

蝶吉不但是他的恩人，两人又是在梓所怀念不已的汤岛结识的。自懂事时起，梓所眷顾、喜爱过的一切亲人——堂姊妹、姐姐，如今个个生离死别，下落不明。因此他把全部感情凝聚在同命人蝶吉一个人身上，对她产生了深切的恻隐之心，恨不得做她的替身。

当蝶吉把自己的身世向他和盘托出后，他更是别提有多么同情她了。

梓觉得两个人的身世有点相似。

蝶吉的母亲原是京都一个家道殷实的商人的姑娘。正如净琉璃的词句里所说的：千里姻缘一线牵。她背着父母，和土佐的浪人①山盟海誓，私奔到这里。那还是江户时代呢。两个人躲藏在根岸，过起小日子来。但赶上时世变迁②，生活没有了着落，女的就沦为仲之町的歌伎③。她一方面每天到根岸去接待顾客，一方面对丈夫尽着妻子的本分。蝶吉就这样诞生了。

由于她拉得一手好三弦，生下娃娃后还能照样干这一行。遇到老主顾，女仆就把娃娃带到酒筵上，她

---

① 浪人是幕府时代失去主子到处流浪的武士。
② 指一八六七年幕府倒台。
③ 这种歌伎只是为顾客表演三弦，并不卖淫。

放下三弦，掉过身去，敞胸喂娃娃奶。可是当蝶吉满了周岁，好不容易学会走路的时候，她父亲却在根岸的家里一病不起。

又过了一年，蝶吉虚岁三岁了。蛎谷町的一位主顾，明知这位歌伎有娃娃，还替她赎了身，在滨町为她安置了一座房子，她就成了这个人的小老婆。于是，蝶吉过了两年娇生惯养①的日子，也学会叫"妈妈"了。

---

①原文作乳母日伞。是由奶妈陪着，出门时用旱伞遮住阳光，予以精心照顾之意。

二十九

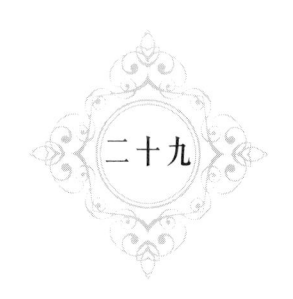

谁知好景不长,米店街①上,米价暴涨暴跌,行情不稳,蝶吉妈的那位主子大闹亏空,他一败涂地,没有资本东山再起。这下子变得志小行卑,逼着蝶吉妈把为她赎身的那笔钱统统还来。

自从死别了根岸那位情夫,蝶吉妈已失去了对人生的乐趣,一味听任命运摆布。她乖乖地又到芳町②去重操旧业。把家当变卖一空还凑不足那笔钱,所以把蝶吉送到仲之町的大阪屋去当艺妓,期限是十三年。

①米店街是蛎谷町的俗称。当时这条街上米店林立。
②芳町在今东京都中央区内,毗邻蛎谷町,与柳桥同为当时著名的花街。

事先说好，照妓馆包身艺妓的惯例，管保不叫蝶吉卖淫，但在技艺上用什么手段来训练都没关系，不妨让她吃点苦头。结果，她受尽了不同寻常的折磨。

陪客时是三人一组。两个是资格较老的艺妓，蝶吉抱着伴奏的乐器①跟在后面。一个下雪的夜晚，蝶吉毛骨悚然地向梓倾诉过当年受的苦。

那一带，客人多半是深夜才来。帐房一招呼她们陪客，蝶吉就先把两位师姐的和服、绉绸条②、腰带、带扣③，以至于长衬衫的带子都按秩序放好，自己也换了衣服。随即把师姐的木屐摆齐，将四把三弦送到青楼的帐房那儿。师姐拉得一手好三弦，但性格暴躁，硬说要是在客人面前断了弦，现换的话就不接气了，为了讲究排场，要求她另带上两把替换的三弦。接着，她上气不接下气地折回来，再双手捧着自己那些乐器奔去。

然后将四把三弦运到陪客的房间，调完音，安置好后，又返回帐房，调自己负责的那些乐器的音。刚

---

①指大鼓、小鼓和钲。蝶吉一个人负责这三种乐器，为三弦伴奏。
②原文作背负扬，也叫带扬。日本妇女将腰带在身后结成一个鼓包后，为了防止结扣往下垂，而用绉绸带勒紧。
③原文作带留，是日本妇女腰带上装饰用的带扣。

系好线绳的时候，那二人已不慌不忙地进来了。于是急忙地替她们掸木屐上的雪，归置一番。及至她赶到房间，开场曲已快奏完，还没来得及把手放在膝上，师姐已在责怪她伴奏开始得晚了。手指不但磨破了皮，又冻僵了。气喘吁吁，连将小鼓挂在肩上的劲儿也没有。

蝶吉对梓讲到这里，只穿着一件长衬衫就钻出被窝，将友禅棉袍的袖子一铺，翘起一条腿跪在上面。她将手腾空放在翘起的腿上，说：

"那时我才这么高，只见鼓，不见人。"

边说边将一只手搭在肩上，凛然做出打鼓的架势。两鬓的头发披散到她那未施脂粉的雪白的脸上。她眼睛发直，泛着难以名状的哀容来缅怀过去。梓不由得正襟危坐。

有时打鼓，用力过猛，腰杆子挺不住劲儿，摔了个仰八脚儿。师姐暗地里咒骂道：

"哼，好没出息的丫头，就欠把火筷子烧得通红，把你屁股戳通了，钉在席子的边沿上。有了这个符咒，就摔不了啦。"

一回去，就受到了处罚：又是揪耳朵，又是打嘴巴子。抓住后颈，按倒在地，用长烟袋杆儿打背。不仅是犯了过错的时候,就连叠衣服时,也怪她弯了腰,责打一顿;没跳好舞也照罚无误,打得身上伤痕累累。严寒彻骨时,支使她跑腿,一直干到天亮。二位师姐回来后,就又得收拾衣服、三弦和木屐。天亮后,又派她拎着本子到各间青楼去记账①,所以几乎没有时间睡觉。

---

① 客人在饭馆吃饭时,如有叫条子的,艺妓馆便打发艺妓去陪酒奏乐。第二天,蝶吉被派到各家饭馆去走一趟,请账房把每个艺妓头天晚上挣的钱数,记在本子上。

三十

白天吹笛打鼓，排练舞蹈，还隔一天习一回字，连喘口气的工夫都没有。

蝶吉模模糊糊记得亲妈，但既不知道妈有多大岁数，又不知道她住在哪儿。一哭就有人拧她的舌头，所以只能默默地掉眼泪。她说到这里，颓然趴下，拭去泪水。

每逢走过河堤，看到别人家的孩子由妈妈牵着手走，或是开心地玩耍，她就思忖道：

"同样是人，为什么这样不同呢？"

有一次，瞥见五六个孩子在榕树的潺潺流水里摸青玩，她羡慕不已，不顾一切地撩起下摆，扎上长袖，走进水里说：

"也让我一道玩玩吧。"

"嘿,窑姐儿!蛤蟆咕嘟儿①!下流货!"

两三个孩子边这么说,边抓住她的手脚,让她跌了个仰八叉儿。她喝了一肚子泥水,脸色苍白地走了回去。鸨母岂肯饶恕她,抽冷子用细绳子将她五花大绑,把浑身湿透了的她塞进高高的壁橱里。从下午到半夜两点左右,她简直像死了一样。于是想道:

"我这么可怜,受这么大的罪,你们这些街上的孩子,非但不安慰我,还骂我作窑姐儿,把我推倒在水里。

"正因为你们这些家伙娇生惯养,身在福中不知福,到了脸上长酒刺的年龄,就攥着钱来寻花问柳,让爹妈伤心,我才受尽欺凌,被逼着学这份技艺。等着瞧吧,我要争气,把你们踢倒。欺骗你们,折磨你们,把你们弄得半死不活,丢魂落魄。"

从此,蝶吉忽然振作起来,主动学艺,争强好胜,不怕吃苦。一直熬到十七岁这一年,坚硬的花蕾绽开了鲜花,也有师妹来服侍了。秋天的仁和加上,她比谁都不逊色。在酒宴上,也是个顶呱呱的人了。论三

---

①蛤蟆咕嘟儿长大了就变成青蛙,这里用来嘲讽将来做艺妓的雏妓。

弦，掌握了清元的绝技，论舞蹈，取得了花柳①的秘方，为了练就炉火纯青的技艺，她身上曾伤痕不断。而今样样来得，甚至让客人神魂颠倒的一套痴情话，也都学会了。她准备大显身手。

这些浑蛋也赏花赏月，懂得风趣，可是竟想拿有血有肉的女人来解闷，她打定主意，非给他们点厉害不可。倘若对方怨恨她，要杀害她，她就用簪子尖儿戳瞎他的眼睛，逃跑就是了。柳眉杏眼火焰唇，怀着满腔不平，表面上却嫣然而笑，盯着天空的一方。就在这当儿，一个肮里肮脏、耳背眼红、衣衫褴褛的老妪拄拐摇摇晃晃地找上门来，捎口信来说，蝶吉的亲妈患了重病，想在咽气前见她一眼，跟她惜别。

见妈妈原是蝶吉梦寐不忘的事啊。她兴奋得血往上涌，四肢发颤。于是她特地雇了一辆双人乘的人力车，赶到小石川指谷町②的一间破破烂烂的连檐房去，不顾一切地抱住了妈妈。奄奄一息的妈妈，高兴得竟叫了蝶吉的小名：

"峰儿吗？"

①花柳是以花柳寿辅为祖师的舞蹈流派。
②现在是东京都文京区白山一丁目。

蝶吉把串珠绳①抓在手里，使当天就要咽气的妈妈一度睁开了眼睛。

蝶吉四下里打量了一下。看那光景，不用说请医生看病了，连给病人喝感冒药的条件都没有。不管怎么样，她只好先回大阪屋去。她即将期满，欠的款也不多了。所以又借了一笔，以孝顺妈妈。但作为论年头包下来的艺妓，她连半天时间也不能自由支配。雇人看护也好，送给医生谢礼也好，都要她来张罗。既要应付北里②，又要惦记小石川的患者。为了让妈妈康复，她还祈祷神佛，断了盐，弄得人也消瘦了。哪怕自己少活几年，也心甘情愿。

①原文作玉绪，是生命的美称。
②指坐落在江户北部的吉原花街。

疯狗源兵卫

三十一

  到了第七天早晨,鸨母好不容易给了她半天假,她就又一次到小石川的破房子去探望妈妈。妈妈的心窝子里长了个拳头大的东西,既上不去,也下不来,剧疼已连续了三昼夜,连嘴唇都紫了。蝶吉用手一按摩,一片恩爱之情使妈妈减轻了疼痛,她竟香甜地入睡了。过了约莫三个钟头,妈妈像是忘掉了痛苦一般,将荞麦皮枕头①按在胸口上坐了起来。蝶吉这才一辈子头一遭儿仔细端详了妈妈的脸。

  妈妈叫作阿娟,蝶吉告诉梓,她的容貌"活脱儿就像是纪国屋"。

---

①原文作括枕,是里面装荞麦皮或茶叶渣,将两头扎紧的枕头。

她把女儿寄托给大阪屋,自己则在葭町[①]当上了艺妓,扎扎实实地挣钱,陆续还债,大约五年后就靠自己的力量赎了身。后来经人斡旋,又成了独立的艺妓,开了个艺妓馆。有人劝她包下一个技艺高超的歌妓,她鉴于自己的身世,思忖道:

"就算靠这种手段发一笔财,用肮脏的钱替蝶吉赎身,准定没有好下场。而且再度当艺妓,也许会越陷越深哩。即便用包下艺妓挣的钱把蝶吉从仲之町赎出来,也不便让她在自己家当艺妓谋生。"

固然有人对阿娟表示好感,却不到替她把女儿赎出来的程度。一个妇道人家,想独自营业,攒下零钱来替蝶吉赎身,又谈何容易;即使办到了,做妈妈的操持的行业也是违背天意的。与其如此,不如牺牲自己,靠神佛的力量,也就是在冥冥之中,去拯救蝶吉吧。

总之,母女二人都干这苦海生涯,乃是前世注定的命运。妈妈为了赎罪,就嫁给了一个叫作间黑源兵卫——诨名疯狗的把头。此人住在花川户町背胡同的连檐房里,开了一家职业介绍所,主要是为米店介绍打零工的人。[②]

[①]即芳町。
[②]当时米店通过把头雇一些从地方上流浪到东京来的人舂米,工钱都交到把头手里,由把头分给工人。

把头打发一些流浪汉到各处的米店去干活。阿娟就到各店去收集工钱。桥场①、今户②一带自不用说，连本所③、下谷④，以至于离得更远的日本桥一带，她都是穿着草履跑来跑去。身体纤弱的阿娟，每天黑早儿起来，煮饭烧菜，挑水擦地板，都由她一个人包下来。然后就拖着沉重的脚步，到各店里去讨工钱，晚上回到家，又给把头斟酒，替他护理施灸后结的疮痂，捶肩揉腰，伺候他睡下。接着，这些流浪者交替着到他们家来住宿，楼上三个，店堂里五个什么的。阿娟先扣下介绍费，然后根据每个流浪者挣了多少工钱，按比例发给他们零用钱，并向他们收房钱。她噼里啪啦拨拉算盘珠子来算这笔账。什么去五剩二呀，哪怕只差一厘，把头也会攥住她的发髻，将她拖倒在地下。既然嫁了这么个残酷无情的丈夫，阿娟就只好每天坐在账房里，熬夜算账。好不容易搞完了，舒了口气，业已精疲力竭，浑身瘫软，这才去陪丈夫睡觉。

真是何苦来呢！不论教人跳舞还是拉三弦，她本来是可以安安乐乐地过上清白生活的。她却偏偏去受

---

① 桥场在隅田川西岸，今东京都台东区桥场一、二丁目。
② 今户在桥场南边，今台东区今户一、二丁目。
③ 本所在今墨田区十间川以南。
④ 下谷在今台东区内。

这份削肉刮骨般的酷刑,即使坐牢从事苦役,恐怕还不至于这样呢。妈妈当时告诉蝶吉,自己并不是由于怕死后下地狱受苦患而借此赎罪,她纯粹是为了蝶吉才这么做的。

三十二

也许即便是自谋出路,命中注定也要如此,然而积年的忧苦辛酸竟深重到这般地步,是阿娟始料未及的。由于一天也得不到休息,她的身心都疲乏到极点,一个多月以前就害了病,卧床不起。丈夫疯狗源兵卫便把她赶出家门。阿娟没有力气跟丈夫吵嘴,无处可去,便来投奔这位耳背烂眼边儿的老妪。老妪的儿子一度经源兵卫介绍,去春过米,自然也得过阿娟的照应。他行为不轨,溜门撬锁去偷东西,被抓了去,目前在从事苦役。过去出于儿子的关系,老妪曾得过阿娟的好处。老妪不忘旧恩,将阿娟收留下来,照拂她。但老妪本来就穷得几乎揭不开锅,耳朵又不好使,想讨杯水喝,也听不见。阿娟受的是这样的看护,设身处地地替她想想，她心里该是什么滋味呢？蝶吉明知妈无人服侍，却连一个夜晚也未能守在她身边，那么又作何感想呢？到了这样的节骨眼儿上，人们就会不禁抱怨起神佛来。

说话间，过了晌午。老妪诚心诚意地准备了点简单的菜：咸干鱼串儿和油炸豆腐。

"妈，我替你烤吧。"

对阿娟来说，这是毕生最美好的回忆了。她回光返照，有气无力地倚着火钵坐起来。时令虽即将入夏，老妪还是怕她着凉，要在她背上披一条海带般黑不溜秋的被子。阿娟边把它扒拉下去边说：

"太脏了，好饭好菜都吃不香啦。"

蝶吉灵机一动，脱下自己的和服外褂，给妈妈穿上，并高高兴兴地说：

"挺素淡的，妈穿着正合适。"

阿娟瞧了瞧女儿的脸，一面把手伸进长袖，一面审视面子和里子，说了句：

"峰儿穿得怪讲究的哩。"

蝶吉的母亲兼有故乡京都的绝世姿色和江户的犟脾气。艺名阿小，不论在仲之町还是葭町，都是红得发紫的歌伎。她年仅三十三，今年是她最后的大厄年①。当天傍晚她留遗嘱，让蝶吉嫁给自己看中的男人，便溘然长逝，丢下蝶吉独自在日本这茫茫人世间——而且又是在妓馆里——挣扎。不出十天，小石川柳町至丸山的洼地发了大水。一辆大车被洪水冲过来，撞在支地板的横木上②，地板塌陷，老妪遂淹死。由于没人替她出殡，蝶吉为了报答她在母亲临终前曾予以的照顾，就将她葬在同一座庙里。

蝶吉至今还没能为母亲竖墓碑，可是只要有机会就去参拜。在结识梓以前，她最大的快乐就是到母亲的坟头上去，紧紧靠着它。

蝶吉相信，她之所以能见到梓，是身归泉世的阿娟牵的线。有个晚上，她张开手给梓看。她的手指尖染红了，像是渗出了血似的。梓感到纳闷，问她是怎么回事。她说，今天去上坟时，用湿手擦线香③来着。她偎依着梓，哭道：

"我一辈子只和妈吃过一次饭啊。"

她的手是冰凉的，梓情不自禁地将她那双手捧在

---

①当时的人相信，女子十九岁、三十三岁、三十七岁是厄年，这里说"最后的"，恐系作者的误解。
②日本式房屋，地板底下留有三十至五十厘米的空隙。
③意思是包线香的红纸掉色，把湿手染红了。

自己怀里。

"你家信仰什么宗派?"

"不知道。"

"你一问不就知道了吗?"

"那多可笑啊。"

"那么你上坟的时候念什么经?"

"我拼命念南无阿弥陀佛。"

"这个弱女子原来就这样独自在坟前哭泣啊。"

梓这么思忖着,抱住她不撒手。

三十三

　　哎,怎么能抛弃她呢?蝶吉从小对社会怀着成见,愤恨不已,打定主意玩弄众多的好色之徒,吃他们的肉,喝他们的血来报仇雪恨,借以解除身心的痛苦。但是刚好母亲死了,志未酬。欺骗、耍弄自不用说,她对男人连一句奉承话也没说过。她把这样一个干干净净的身子献给了梓。她恰似一位亡国的公主,家破人亡,海枯山崩,树被砍伐,妇女被奸污。她怀着报仇的愿望,卧薪尝胆。而今却没有这个劲头和志气了,反而乞怜于梓,希望获得一点同情。天下冉也没有比她更可怜可悲的人了。梓又何尝忍心遗弃她呢?

　　即将期满的蝶吉,自从借了款给母亲送殡后,由于无依无靠,心境凄凉,有点变得破罐破摔。本来就能喝几盅,酒量越来越大。有一次,在青楼的陪客中喝醉了,深夜回来的路上,卧倒在京町①的露水上。她冻得肌肉和骨头都发了白,在月光映照下,仿佛是盖了一层霜。一位过路的土木建筑师傅看见了,把她抱进大阪屋。她虽苏醒过来了,可是胸口猛地感到一阵剧痛,于是留下病根子,每隔三天左右就犯一次。最后由于疼得厉害,咬紧牙关也还是要发出几声惨叫。于是在铺席上乱挠一气,滚来滚去。鸨母嫌吵得慌,将她的手脚捆起来,用手巾堵住她的嘴,还借口让她提神,叫她脱下布袜,在脚拇指间接连施灸。蝶吉气愤地说,她进入妙龄后,被烫肿的痕迹,至今还依然很明显。于是她像是向妈妈撒娇一般,摇着肩膀,把脚并齐,夹着单衣下摆,露出小小的脚指尖。她两眼噙着泪水,看见酒馆的纸隔扇上有个螃蟹型的破洞,就一面勾起脚趾去剜那个洞,一面像申斥似地说:

"怎么不补一补啊?怎么回事呀?怎么回事呀?"

梓责备她道:

"傻瓜!"

蝶吉热泪盈眶,鼻子也酸了,高兴地看着梓的脸。这个情景,梓是难以忘怀的。这个无依无靠的孤儿,

---

① 吉原花街五丁町之一。

憨态可掬，说话不着边际，一味地依赖他，他又怎么忍心遗弃她呢？

当时由于鸨母以如此残忍的手段对待她，她愤愤不平，一赌气就到天神下的荐头行来了。她正拿不定主意是去柳桥呢，还是去葭町。有人私下里对她说，有个绝密的计划，要挑选十二个妇女，由一个梳头的、两个做针线的、一个厨师、一个医生、三个管事的陪着，在队长率领下赴巴黎或芝加哥的博览会①去，让大家看看日本妇女是什么样子。展览馆盖在有蔷薇花盛开的地方，周围还砌起朱漆墙垣。说是每日三块钱工资，为期十个月，并劝她去。她思忖道："自己即使死在东京，也没人关心，差点儿就去当这个展览品了。亏得在澡堂前面偶然遇见了梓，对他有所依恋，才没去，从而避免了受洋鬼子玩弄的命运。"讲这件事的时候，蝶吉一直坐着，甩着胳膊说：

"我原想这样逞逞威风来着。"

这也未免太过分了，梓扑哧一声笑了出来。

"你没说'我乃好斗的母鸡是也'吗？"

蝶吉莞尔一笑道：

---

①万国博览会先后于一八七八年和一九〇〇年在巴黎、一八九三年在芝加哥召开。

"差不离吧。"

她真是大大咧咧、目光短浅到极点。

"要不是我守在你身边,阿蝶,你指不定会有什么遭遇呢。"梓激动得连气都喘不过来地说,"可你真不该把娃娃打掉,逼得我非撕下你,跟你分手不可。"

梓搂住蝶吉的脖颈,深入浅出地把自己对蝶吉的一片赤心和盘托出,而这腔真挚的感情是在一段漫长的期间内,由一桩桩、一件件的事而培养起来的。

蝶吉刚听了一半,脸色就唰的变了。梓发自肺腑的话,一句句戳在她的心坎上。她忽而把脸扭到左边,忽而扭到右边,真好像要是给梓看到了,她就受不住了;又仿佛恨不得溜出去,跑掉。但是梓的手越来越使劲,说话的声音越来越大,越来越开诚布公,于是弄得她魂不守舍,动弹不得。及至他谈到那档子事①,她终于悄然耷拉下头,额前的一绺青丝垂到梓的胳膊上,冰凉冰凉的,触动了梓的心。

他想道:

"难道尘世的风会一下子就无情地刮散自己攀折的这朵败酱上的露水不成?"

---

①指堕胎的事。

三十四

"打一开始我就认为,像我们这样的关系,迟早得落个悲惨的结局,所以每一次都是垂头丧气地来到这儿,蛮想开口谈谈分手的话。可是你不论说什么,做什么,总是使我的感情越来越深。每一次我都像是被灌了一剂麻醉药似的。

"如今,家里也待不下去了,我在谷中隐居着。我本来已打定主意要和你结为夫妻。反正已经闹成这步田地,我也豁出去啦。不再去管什么舆论啦,情理啦,人家爱怎么说就怎么说。

"可是,就在这当儿,我听见了那档子万也想不到的事。

"阿蝶,你太糊涂,不懂得人情世故。即使不知道这是犯法的、没有廉耻的事,凡是堕了胎的女子,心已经烂了,只要一天还披着人皮,有鼻子有眼睛,就不能跟对方结为夫妻。我这么说,你一定会抱怨我,嫌我太冷淡。正如我经常对你说的那样,我的姐姐和堂姐妹也是做你这个营生的,而且都没少照顾我。也不知道是怎么个缘分,你对我也是有恩的,我明白应该报答你。甭瞧我这个样儿,说来怪害臊的,我也坐过马车,被人老爷长、老爷短地服侍过。可是我从来没有大声吩咐你做过一件事。你作为艺妓,老是对我说:

"'你太老实了,靠不住,我总觉得有点美中不足。你还是狠狠地骂我一顿,发发脾气,打我个耳光才好。'

"被一个男人迷恋到这个程度,你也够有造化的了。我经常写信到家乡去,对于给人玩弄的姐姐,也使用敬语。我明知按自己的身份是不该做这种事的[①],可是只要你写信来,我在回信中必然称你作'样'[②]。我既不是为了向你讨好,也不是为了巴结你、当上你的情人,才这样做的。

---

① 指不该到酒馆召妓游乐。
② 日本人写信时在对方的名字后面加上"样"字,表示敬意。

"道理我都懂。但是不论外表怎么样[1]，我由于从小习惯了，所以真心把你当作朋友。我受过你的照顾，又觉得你可爱可怜，所以不顾一切地爱上了你。

"我是打心里把你看成体面的女子，看成闺秀，看成太太，才这么做的。我不说奉承的话，贫家女也能乘锦轿[2]，指不定何等身份的人会看中你哩。但那样的男人，是想赢得你的心，让你喜欢他、迷上他，无非是为了达到玩弄你的目的。

"这不等于是用上等饲料填肥一只野鸭，好吃它的肉吗？赌徒啦，街上的小伙子就很难说啦，至于被有点身份的人真正爱上的艺妓，恐怕也就是你一个。

"求求你啦，留下这段回忆，就死了这条心吧。你不妨对人家说：

"'神月曾经是我的丈夫。'

"并且告诉他们：'由于不便说明的原因而分了手。'

"这么说，决不会丢你的脸。喏，明白了吧。

"等你再上了点岁数，稍微懂点事，就会明白你

---

[1]指从外表上来看，艺妓是个卑贱的行业。
[2]锦轿是贵族乘的轿子。意指出身贫寒的妇女，只要嫁得好，就能发迹。

自己究竟干了什么，也会理解我这么做的苦衷。千万保重身体，好好忍受着，不要轻举妄动。虽然分手，我也不会遗弃你，背地里我会深深地想念你的。"

说到这里，神月万感交集，热泪盈眶。蝶吉就像个死人一样。

三十五

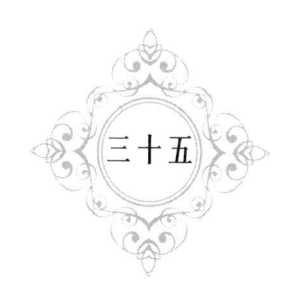

梓语重心长地说：

"我好意劝你，可不要再逞能，穿夹衣服。我跟你说过多少遍了，天热了以后，不要再在米饭上浇刨水吃，也不要被人灌酒。喏，今年你赶上了大厄年，可要当心呀。"

说到这里，他忽然觉察到了，就松开了手。

"酒醒了吗？冷不冷？"

蝶吉若有所思地小声嗫嚅道：

"不冷。"

"是吗？再着了凉，叫就不好啦。"

这一次蝶吉以小鸟依人般天真、坦率的口气回答道：

"唉。"

梓照例一听到这声音,就怜爱交加,越发疼她。

"身体完全恢复了吗?"

"唉。"

"你是个任性的孩子,脾气犟,总是精神抖擞地猛冲猛撞,骨子里却是个地地道道的窝囊废。真让我放心不下。这阵子没在家里跟师姐吵嘴吗?"

"呵呵。"

蝶吉差点儿哭起来了,半边脸上勉强露出一丝微笑。

"还是净梦见妈妈吗?"

这一次,蝶吉没有答应"唉",只是背过脸去,将印染着轮形花纹和蓝帘条纹①的长衬衫那火红的绉绸里子拽出来,擦擦眼睛说:

"什么都别说啦。我心里难过透啦,多可笑。"

她说着撒开袖口,圆睁杏眼,朝一边望着,好像故意不去看梓。

"哎呀呀,真糟糕,"她低下头,闭上两眼,用有气无力的声音说,"你撒开手吧。"

---

①蓝帘条纹象征牛车厢上所挂的帘子。

梓知道蝶吉的心情总还是沉着的，就照她的意思松开了手。他以为几乎处于失神状态的女人，也许会就势仰八叉跌倒。

蝶吉却安然无事，双手抱膝，出神地望着梓的脸，细声细气地说：

"你呀。"

"怎么啦？"

"求求你啦，不要看我的脸。"

梓情不自禁地掉过脸去。火钵里的炭火快熄了，灯台作竹筐状的煤油灯发出暗淡的光。只见两扇屏风上画着细细的芒草和许多已经开过的败酱、桔梗。布满乌云的天空上，斜月朦胧。昏暗的灯光映照出凄切的秋草图，恍若幻影，一片寂寥景象。

"我要哭了，背过身去行吗？"

梓从头到脚都发冷，点点头。蝶吉转过身去，屏风上便映出了她的姿影。她紧紧地抱住自己的胸口。

和服长袖从两边轻轻地拢过来，越发衬托出蝶吉那苗条的身段。肩下露出纤纤十指，扁岛田髻散乱了，几缕青丝摇曳着。她就那样端坐片刻，蓦地像折断了一般伏下去，整个儿的人仿佛蔫了，压低嗓门呜呜哭起来。梓也憋不住，背对背地陪她哭。他俩那模糊单薄的姿影,印在秋草图上。室内一丝风也没有,影子却晃悠起来,只见一个伏在铺席上,一个往墙上一靠,一对影子遂分开了。

半票圆辅

三十六

有个三游派①相声②演员,叫作圆辅。他招呼了一声"啊,那么……",就拉开大和屋的格子门进来了。这个好汉,有时在酒筵上剪蜡花③,有时在曲艺场演压轴戏。每逢演压轴戏,必定送给老主顾半票,所以外号就叫半票圆辅。这一天晚上,铃木④散了场,不巧没有一个主顾肯带他去花街喝一杯,家里只有妹妹,也代替不了。所以他就经常到附近的大和屋来坐坐。半票圆辅是这里的常客,这会子又从神灯下面探探头。

---

①明治时代的单口相声界分柳派和三游派。
②原文作落语,日本曲艺的一种,类似中国的单口相声。
③意指正说单口相声时,旁边的蜡烛暗了,便随手剪剪蜡花。
④铃木亭的简称,东京台东区上野二丁目至今还有一座叫作上野铃木亭的曲艺场。

这时有人从长火盆前面奇声怪调地应道：

"哟!"

莫非是这家的鸨母？不是。老女佣？不是。碾茶叶①的包身艺妓？不是。猫吗？不是，不是，不是。那是汤岛天神中坡下的松寿司的儿子阿源。此人懂得了免费冶游的窍门，真是让人束手无策。他每夜像飞燕一样在数寄屋町的神灯底下鬼混。尤其大和屋又有一位这家伙所迷恋的艺妓蝶吉，他巴结起来也就不同寻常。以连别人家的拉门纸都管糊的手法，替艺妓跑腿，给老女佣当助手自不用说，有空儿还在长火盆前面替家猫梳毛。走运的话，还有这样的好处：能拽拽雏妓的袖子，拍拍婢女的屁股什么的。他不但碰了蝶吉的钉子，怀里揣的木屐也被头头烧成了灰。再加上这家的鸨母又责怪他剥削了自己的女儿②，简直成了狮子身上长的虫子③。他像捣蒜一样叩头道歉，说是明白了，今后一定当心，仍请关照。所以今天晚上又来了。

不巧包身艺妓都前去陪客，女佣忙忙碌碌，鸨母

---

① 不接客的时候，叫包身艺妓碾茶叶。
② 在艺妓界，鸨母和艺妓以母女相称，所以这么说。
③ 狮子身上的寄生虫专门吸狮子的血，这里是说源次郎恩将仇报。

出门办事去了，火盆里的灰挺干净，灌上铁壶，水一会儿就煮沸了。这位风流好汉闲得无聊，变着花样摆弄那只猫，忽而爱抚，忽而摩挲，忽而又说：

"你怎么啦?"

要么就拽拽耳朵，数数胡子。就连畜生也忍不住了，喵的一声打了个哆嗦就要逃跑。他说：

"凭什么让你逃跑。"

于是抱紧了猫，搂住它的脖子。接着用手托腮帮子，念头一转，模仿起"雪中讨奶恩爱深"①的情景来，脸上也故意泛出闷闷不乐的神情。就在这当儿，那位"半票"招呼道：

"啊，那么……"

源次郎俨然摆出一副当家人的姿态，寒暄道：

"师傅，请进，欢迎。"

圆辅马上就明白了，四下里打量着说：

"嗬，原来偏巧都出门去了，没人接待呀。大姐②到哪儿去啦?"

"听说又是这个。"

---

①歌舞伎剧里经常有父亲冒着大雪抱着没娘的娃娃，去讨奶吃的场面。
②指鸨母。

源次郎边说边朝着他那扁平脸的中央①指了指。他用一根手指头将近视眼镜的镜圈垂直地划成两半,做着怪相。这位俳句师傅今天晚上心血来潮,打扮得怪俏皮的,身穿短号衣,扎着三尺带,腰挂素花绸子烟袋荷包,象牙雕的烟袋杆儿,透露出他人品风雅。

圆辅套穿着两件小花纹薄绉绸和服。他隔着衣服,用手掌将自己细长的腿摩挲了三遍,一直摩挲到膝头,随即颓丧地把头一耷拉,说道:

"啊,那么……"

---

①中央指的是鼻子。日语里,鼻子和花谐音,都读作"hana"。源次郎指着鼻子暗示鸨母赌花纸牌去了。

三十七

源次郎倚着挂有三弦的柱子，若无其事地问道：

"看上去垂头丧气的，怎么啦？没有新交上情妇吗？"

圆辅又用手心从腮帮子搓到耳垂，说：

"不，这个，哈哈哈哈。说起来，你那位情妇怎样啦？陪客去了吗？"

"是这样，说是出远门①啦。"

"嘀，出远门了吗？这个那个的，够你焦心的。喏，情大。"

圆辅边说边轻狂地使劲捅捅源次郎的屁股。

---

①艺妓到本区以外的地方去参加酒筵，尤其是陪客人出去旅行，叫作出远门。

源次郎随即将两腿并紧,说:

"别这样,喏,多没意思。甭瞧我这样,还有操心的事哩。喏,喂。"

最后一句话是嗲里嗲气地说的。

"咦,操心!"圆辅双手扶席,紧接着又将身子向后一挺,"说出了心里话。队长①,我甘拜下风。操心!你这小子,请客,请客。"

源次郎窃笑着说:

"等她回来了,让她请吧。"

"这可不敢当!"

"不,师傅,咱们说点正经的。只要蝶吉回来了,我有办法让大家都打打牙祭。再小气,也能吃上鳝鱼或是鸡。中不溜的是冈政②,在雅致的店堂里吃上一顿,说不定大大破费一下,到伊豫纹③去。我家里开寿司店,甜东西,东道主又吃不惯。也就是这两三家吧。喏,你就等着好啦。"

"真的吗?"

"嗯,真的。"

---

①队长既是尊称又是戏称,可能是甲午中日战争后流行的词。
②冈政是坐落在天神下的一家中等饭馆。
③伊豫纹是台东区的一家高级饭馆。

"了不起!"圆辅大叫一声,鞠了个大躬,又抬起头,端正了姿势。"到哪儿去了呢?这下子我真盼望她早点回来。"

"听说是八丁堀①。"

"果然挺远。几点钟去的?"

"前天晚上就去了。也是这个。"他指指鼻子②。"喏,刚才派人来说,今天晚上再迟也回来。对吧,阿升?"

女佣在厨房里答应道:

"唉。"

"喂,阿富!"

那个叫阿富的雏妓,将饭桶和茶壶挪到身边,借着这边的一点光,正在隔壁房间对着托盘扒拉饭呢。诚然是:

  秋夜幼儿独进食。③

---

① 在今东京都中央区,原是一条沟渠,现已填埋。
② 意思是蝶吉也去赌花纸牌了。
③ 这是松尾芭蕉(1644—1694)所作俳句,描述死别了母亲的孩子之苦,见《芭蕉七部集》。

可怜巴巴的雏妓应了一声,咕嘟咕嘟喝起茶来。

"准回来吗?"

"说是一准回来。"

"太好啦!"

话音未落,门哗啦地拉开了。

圆辅回头看了看,喊道:

"哎呀,回府啦!"

他掉过身去,让开一条路。

源次郎突然伸过脖子来问道:

"谁呀?"

"是蝶吉姐。什么谁不谁的。"

"是吗?"

源次郎边说边撂下了猫,端正了姿势。

蝶吉无精打采地回来了。她是一身家常打扮:扎着围裙,腰系缎带,穿了件条纹布外褂。梳得紧紧的银杏返①,发髻蓬乱,神情发呆,面颊瘦削,显得苍老。她凄然而入,谁也不理睬,直着两只眼睛冷漠地往楼上奔。

圆辅觉得希望可能会落空,就盯着她,一本正经

---

①江户末期开始流行的日本妇女发型。

地说：

"您回来啦。"

蝶吉只是说了声"回来了"，就绷着脸噔噔地上了楼。

三十八

圆辅摸摸他那光秃秃的前额说：

"情绪不佳呀，瞧那脸色多坏。看来是赌花牌输了一笔钱，这下子请吃饭的事也吹了。"

"哪里，师傅，输赢跟请不请客一点关系也没有。至于情绪不佳，这一阵子一直是这样。倒不是凉粉做的梆子，反正总是气冲冲①的。"

"还是……"圆辅把下面的话咽了回去，又心领神会地问道，"那档子事吗？"

源次郎默默地点了点头。

圆辅压低嗓门接着问：

---

①这里是双关语。日语里，此词用来形容生气状，也用来形容颤悠悠的东西。

"说是那事儿给那位神月先生知道了,就和她断了关系。是真的吗?"

源次郎好像不愿意听,死样活气地回答了一声"嗯"。

"倒也难怪。虽然是天生的一对才子佳人,但是身份毕竟有高低啊。学士嘛,本来就很了不起,何况还是华族家的女婿。你说说,世上可真有荒唐鬼。年轻人再怎么相恋,可是身份这么高的一个人,由于艺妓的关系,竟离开了公馆。圆辅原也准备升大学的,正是这个缘故,才放弃了,干脆当上了说书的。我觉得那个男的弄得没脸见人,但一听说她打了胎,就和她一刀两断,真是了不起。哼,尽管是个在酒席上该怎样交杯换盏都不懂的毛孩子,可是念过书的人到了节骨眼儿上到底有两下子,我算是服了。这么看来,蝶姐不光是迷恋上了男人英俊的外表。你认为两个人有破镜重圆的希望吗?"

"哪里的话。只要还有一线希望,蝶姐早就欢欢乐乐地闹腾开了,才不会垂头丧气的呢。"

"唔。"那帮人对蝶姐说:

"'艺妓接客而有了身孕,那多寒碜呀。挺着个大肚子,在酒宴上完全败了客人的兴。倒不是食物中毒的癞蛤蟆①,反正临盆的时候,肠子都会耷拉下来哩。连在嘴上说说,都不雅。艺妓该不该怀孕,先去问问音羽屋②吧。'他们利用姑娘幼稚,欺负她,逼她喝下了药。看起来,这些人全都得被她抱怨。还指望吃她一顿呢,哼,别瞎扯淡啦。"

圆辅说罢,又气馁了。

源次郎神态自若地说:

"师傅,叫你别愁嘛,你怎么老是犯嘀咕。"

"你瞧她那神色。没错儿,不但在八丁堀赌花纸牌输了,又瞧见我这个不共戴天的"支那人"③来了,还怎么能指望她请客呢。"

"请的当然是我喽,你只是个陪客而已。"

"咦,你也不大像是够格儿的呀。"

"我才够格儿哪。对不起,我阿源胸中自有成竹。"

圆辅逼问道:

---

①日本民间相传,抽烟时要是向癞蛤蟆喷一口,它就会把肠子从嘴里掏出来洗。圆辅根据这个说法来开玩笑。
②指第五代尾上菊五郎。
③原文写作"支那人",却读作"呛呛",都是对中国人的蔑称。甲午中日战争以来,日本军国主义者为了向人民灌输蔑视中国人的意识,而这样称呼中国人,以便为继续侵略中国做舆论准备。这里,圆辅把自己比作中国人。此处暗示蝶吉之所以恨圆辅,是因为圆辅也参与了逼她打胎的骗局。

"那么，请拿出打赌的证据来。"

"好，给你证据。师傅，要是落空了，就把这个献给你怎么样？嘻嘻，小玩意儿。"

源次郎有意炫耀一下，就取下腰间的那只烟袋荷包。

圆辅翻过来看了看，摆弄着说：

"这可是你腰间之物①，万一没吃上那顿饭，能够做到武士一言，驷马难追吗？"

源次郎不知是学谁的腔调，以坚定的口吻说：

"没问题，我是江户儿嘛。"

"了不起！"

圆辅大叫一声，深深地鞠了一躬。

这时，从楼上传来了蝶吉连声喊叫"阿富，阿富"的声音，圆辅吃惊地抬起头来。

---

①指腰间挂的烟袋荷包，兼有武士的腰刀之意。

纸糊的狗 *

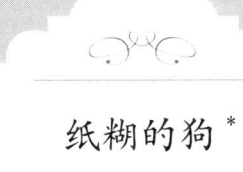

* 日本民间相信狗可以保佑顺产。蝶吉由于后悔堕了胎,在屋子里吊起一只纸糊的狗(一种上了彩色的玩具)。

三十九

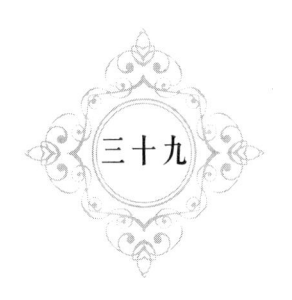

"唉!"雏妓拖长了声音答应着,把饭盘向前一推,站起来,在楼梯底下仰起脸,娇声问道:"什么事,姐姐?"

"喏,今儿晚上我不舒服,不管是哪里来叫陪客,你全给我回掉。要是姐姐回来了,就告诉她:对不起,我先睡了。"

"唉。"

"听清楚了吧?"

回来之后,蝶吉一直无所事事,闷闷不乐地站在五斗橱前面发愣。

她叨咐了雏妓后,就从楼梯口斜穿过房间,折回到五斗橱前面。只见第一个抽屉打开了一半。蝶吉亭亭玉立,感到意外地嘟囔道:

"哎呀呀，是我打开的吗？"

她一向把神月的照片立在这只抽屉里。

自从神月和她断绝了关系，即便背着人，而且神月并不知道，蝶吉也觉得不能随意去看那张照片。倒不是因为看了反而使她梦魂牵引、徒感无常，所以故意不去看，而是觉得自己犯了错误，那个人既然说已经和她一刀两断了，就连相片她也不该看。

她用手按着抽屉的边缘，迟迟疑疑踮起脚尖，胆战心惊地想偷看一下，却闭上了眼睛。她有气无力地身倚抽屉，又思忖道：

"哎呀，过去，凡是有好吃的东西，我都是先供在这张照片前面，撤下来自己再吃的呀。"

她受不住了，掉过身来，用背一顶，抽屉就咚的一声关上了。刹那间，她魂不守舍，不由自主的双手掩面，低头哭泣。

过一会儿，她又像活过来了似的仰起脸来。

屋子角落里立着两扇小屏风。从屏风后面露出了友禅棉袍的下摆。灯光纹丝不动，那里孤零零地陈放着一具服装华丽的尸体①，那就是蝶吉所侍奉的布娃

---

① 这里把布娃娃叫作尸体，用以暗示蝶吉懊悔堕胎的心情。

娃。棉袍是用过去陪神月睡觉时穿的印染有轮形花纹的长衬衫改的，配以红绸里子，铺上暄腾腾的新棉花，下摆滚了一道淡紫色绉绸边，并加了一条天鹅绒衬领。她在一铺席的六分之一大的地方，铺上两床黄八丈[①]棉被，用屏风隔开；还放上个小小的枕头，让布娃娃睡在这里。顶棚上吊着一只体面的纸糊大狗，耷拉着四条腿，一动也不动。蝶吉是个性格洒脱的野丫头，宁可骑自行车，也不肯玩布娃娃。只因为堕了胎，神月便和她断绝了关系。当神月向她说明不得不离别的原因时，她才明白自己犯的是什么罪过。恍然大悟后，觉得因为和神月有缘，才怀了胎，她却没让胎儿见天日，就把小命儿葬送了。为了赎罪，她打算这么伺候下去，直到有朝一日追上孩子，牵起他的手[②]。恰似爱抚活孩子一般，起来就给娃娃换衣服，抱着娃娃，让它看风车，搂在怀里，将小小的奶头按在娃娃嘴上，要么就和娃娃并枕而睡，在别人眼里看来，简直就是个疯子。

[①]指原产于八丈岛的料子，黄地上有黑、褐色条纹。
[②]指蝶吉死后，在黄泉之下与孩子团聚。

四十

"哎呀,头疼,胸口疼,浑身没劲儿,睡吧。"

蝶吉和娃娃并着枕头,和衣而卧。她抻直下摆,将脚尖裹起,并把莹白如玉的臂搭在娃娃的薄棉睡衣上,和娃娃脸贴着脸说:

"孩子,你怎么啦?妈不好,赌花纸牌,输得一塌糊涂。两夜没合眼,头都快裂了。多不好啊,躲在仓库①里,六个人赌。一直点着灯,透不过气儿来的时候,就四下里洒上醋。②妈大概快死了。自从挨了你爹的骂,妈就不赌花纸牌了,水也烧开了再喝。可是妈已经被遗弃了,再当心身体也是白搭。自从认识了他,我就

---

①赌博是被禁止的,所以躲起来赌。
②日本民间相信,洒醋可以提神。

总是对他说：

"'你要是把我甩了，我指不定会落个什么下场呢。'

"可是他还是遗弃了我。他叫我不要轻举妄动，我才不听他的呢。要不是认认真真地赌上一场有五块钱输赢的花纸牌，让头脑清醒清醒，我简直不知道自己是不是还活着。

"可我要是投河自尽嘛，就好像是跟他赌气似的，指不定让他心里多么不安呢。要是他嫌弃我，我和他在来世就不能结为夫妻了。他说并不是讨厌我，可是他必须在社会上保持体面，所以只得这么做。我却觉得他是只顾自己合适。

"反正我希望早死，管他呢。小乖，你要是个活娃娃就好了，可你光知道眨巴眼睛，什么都不说，一点都不带劲儿。假若我也死了，彼此都是死人，你大概也就肯开口了吧。你爹说，我是什么都不懂做出来的事，他原谅我。小乖，我对你做了残忍的事，你准把我当成了鬼，当成了蛇，请饶恕我，叫我一声妈妈吧。"

她说着，仰过身去，把手悬空放在暗淡的灯光上看了看。

"哎呀，瘦了。净熬夜，顾不上洗澡，变黑了。

渐渐瘦得连影儿都没有了才好呢。"

她用另一只手抓住这只手的袖口,往肩上一拢,穿在胳膊上的和服袖子翻过来,膀子都露出来了。脖子上面戴着一只偷偷地刻了个神字(神月的首字)的金属臂环①,虽然衬了天鹅绒,却紧得都快箍到白嫩的肌肤里去了。

蝶吉圆睁杏眼,出了一会儿神。她从枕上抬起头,不顾一切地突然咬住臂环,摇头甩发,抽抽搭搭地说:

"不干,我不干,决不分手!不干,不干,决不分手!"

她浑身发颤。

"看看相片,不要紧吧。不行吗?哼,管他呢,我豁出去了。"

她正要一骨碌翻身爬起来,那只纸糊的狗模模糊糊映入眼帘。于是她呼地叹口气,又突然倒在枕上。接着咂咂舌头,说了声:

"睡吧!"

她偎倚过去说:

"小乖,让我睡在边儿上,喏,吃咂儿吧。"

---

①原文作守,是神佛的护符。当时的人把护符装在叫作腕贯的金属环里,戴在脖子上,并在环下衬以天鹅绒,免得伤皮肤。

她也不管给人撞见了像是什么样儿,边说边拉开衣服,托着那丰满的白白的东西。可是一看,布娃娃的脸不见了。

心慌意乱

四十一

"哎呀,真奇怪。"

蝶吉大吃一惊,神色蓦地严肃起来。她这才想起,临出门时曾把棉睡衣的领子盖在布娃娃的脸上。

"咦,我觉得一直看见那张脸来着,难道是幻影吗?"

她不禁感到毛骨悚然,四下里打量了一下,莞尔一笑道:

"喂,我认为你长得像他,你倒捉弄起我来了,好狂妄!"

她边说边轻轻地打了一下棉睡衣,只觉得里面空空的,没有反应。

蝶吉哎呀一声纳闷了片刻,然后悄悄地提起棉睡衣的领子，提心吊胆地一掀，牡丹花般鲜艳的红绸里子便翻上来了。褥子上，连一张纸都没有。

蝶吉情不自禁地喊着"富儿"直直地跳了起来。

这边，在谷中瑞林寺借住一间屋的学士神月梓，端端正正地倚桌阅读着《雨月物语》[1]，他忽然说了声"真怪"便移开视线，朝屋子的一角望去。

他双手扶膝，正襟危坐，冥思片刻，随即拉过身边的一张借来的读经小桌，上面摆着他所喜爱的香炉。据说这香炉是用从前长在某殿[2]里的老梅树的木材雕刻而成。他拿起香炉，捻了一点香料，添在炉里，像是告诫自己般喃喃地说：

"这可不成。"

他看了看煤油灯，重新伏案。由于屋子宽敞，灯光照不到陈旧的纸隔扇，那里是一片昏暗。这时从外面传来了咳嗽声，寺院的住持律师[3]云岳边说"先生，读书哪"，边静悄悄地踱了进来。

他对学士作了个揖，感动不已地说：

---

[1]《雨月物语》是日本江户时代后期的小说家上田秋成（1734—1809）的代表作。
[2] 暗指"紫宸殿"。
[3] 僧官分为三级：僧正、僧都、律师。

"打扰了,我原想再跟您下一盘棋,正赶上您在朗读,就在外面等了会儿。不知道读的是什么,很好嘛。有纸隔扇挡着,断断续续的,听不大清。可是说也奇怪,今天晚上您的声音无比清澈嘹亮,实在像是白莲花上滚露珠,或是小溪流水映明月,简直把我吸引住了。我感到寂寥凄楚,心里不由得难过起来。不知您读的是什么?"

梓仿佛被一语道破了心事,回答说:

"有一桩稀奇古怪的事。师傅,我读的是您也熟悉的《雨月》。不知怎的,我的声音使我自己都听得入了迷,边读边感到吃惊。就像是一滴滴地喝凉凉的清水似的,连唾沫都是凉的。近来也不知道是怎么回事,说话的时候,口水发黏,舌头都给裹住了,可不自在啦。可是刚才好像半边身子变成水做的,用清水冲洗过,融化了似的。那么,是不是觉得爽快了呢?其实不然。这个地方……"

梓说到这里,像是感到冷似的隔着冰凉的衣服按住了胸口。他已闭门谢客达两个多月之久,脸色越发白净,眼睛愈益清亮,唇不涂而赤。头发略显长了一些,却油亮油亮的,清妍消瘦的面容,看上去令人吃惊。

"无非是心慌意乱吧!"

黄莺

四十二

"并不觉得疼,只是痒痒的,心里没有着落。压上个东西,就怦怦乱跳,心酸得厉害。要是坐着不动,就几乎要倒下去。我想分分神,就朗诵起来,我是轻易不这么做的。那声音连我自己都听得入迷了,用您的话来说,就是清澈嘹亮吧。"

"可不是嘛。说来也真奇怪,调子铿锵,不啻是美妙的音乐,直通幽冥,连饿鬼畜生①都洗耳恭听。那么,您的心情是怎样的呢?"

"我觉得附在身上的邪魔像是忽然离开了我。恐怕就是这档子事。"神月微微含笑,羞惭地看着和尚

①指堕入地狱的饿鬼道、畜生道里的亡灵。

那留着白须的枣形脸。"说实在的,我一直是藕断丝连……"

这里得交代一下,梓是生长在盛行抽签、占卜、席卦、占梦等迷信风气的人们当中的,而且受到了影响。

神月开始和蝶吉在歌枕频频幽会那阵子,由于已做了玉司子爵的女婿,所以在他来说花重金把蝶吉从苦海中拯救出来,并非难事。

神月和别人不一样,根据过去的经历,他晓得花街那些艺妓反而心地善良、诚恳、关怀人,尤其是有股侠气。然而他毕竟不曾认为她们的身子是干净、纯洁的。他的手掌和前额都从来没淌过不健康的汗水,浑身连颗痣都没有,更没有伤痕。他在歌枕的一室与蝶吉同衾之际,尽管爱欲炽烈,却像火中一条冷龙般守身如玉。他完全不想为这样一个婀娜窈窕的佳人而玷污自己,还在两个人的枕头之间留出空隙。一天早晨,蝶吉忽然醒了,把睡得迷迷糊糊的梓推醒,惊愕地四下里看看,说她刚刚做了一个梦。她梦见自己拎着三枝含苞待放的菖蒲花,站在暗处。周围亮了,太阳出来了。在金色的阳光照耀下,三朵花一下子全开了。她天真烂漫地问梓:"这梦说明了什么呢?"梓正在做噩梦，被魇住了，在梦幻中受着情欲的折磨，浑身出着冷汗。他听蝶吉讲她做的梦，内心羞愧，脸都红了。学士这才深深领会到蝶吉的心地多么纯洁，和这朵出淤泥而不染的楚楚白莲比起来，他自己的心却是卑污的。

另外一次，一帮地位很高的军官叫条子，蝶吉去侍酒。有个军官，不但说了许多使蝶吉恼怒的话，还醉醺醺地伸手要摸她怀中那颗玉①。她发了脾气，啪地打了那家伙一个耳光。那家伙虎髯倒竖，像张飞一样大发雷霆，狠狠地踢她的侧腹，踢得她呜呜大哭。这样还不解恨，当天的东道主说对不起客人，就把半死不活的蝶吉拖起来。两个人齐力按住她的手，用小刀割掉她前额的头发，将她轰出屋子。在场的其他艺妓和女佣，以及听了风声跑上楼来的伙计，都吓得直打哆嗦，没有一个敢出面拦阻。当蝶吉一把搂住梓，气愤地诉说事情的经过时，梓简直忍不住了，巴不得当场就让她上车，把她移植到自己的家园里。②

---

① 指乳房。
② 这里指为蝶吉赎身，并和她结婚。

四十三

女的说，不愿意给梓添麻烦，她要一辈子当艺妓，只要他不变心，不要丢弃她就行了。但是梓经过耳闻目睹，越发了解她的禀性。所以不但是那一次，其他时候每逢怦然心动，他就想为她赎身。可是他在感情上天生有一种迷信，这一点将在下文中谈到。

梓在天神神社院内，曾打定主意要报蝶吉的恩，然而一直没找到机会。次年一月，一批大学毕业生在伊豫纹举行新年会。蝶吉也在那里陪客。座中还有个神机军师朱武①。他在公寓二楼租了间六铺席的屋子，席子上铺了块白熊皮，足足占了半个房间。他身穿和

---

①作者在这里引用《水浒传》中的人物朱武来比喻此人擅长出谋划策。

服便装,坐在这张熊皮上,就能操纵下谷的花街。他早就策划了密计,埋伏好士兵①。酒宴正酣时,哇地发出一片射箭时呐喊声②,猛可里从梓身上扒下那件染有五个家徽③的黑绸外褂,披在蝶吉肩上。蝶吉说声"真高兴"就把手伸进袖子,套在她那外出陪客时穿的三重小袖礼服④上。她把里外衣一齐拢在胸前,拖着长长的下摆,一闪身就从屋子里消失了。人们为了庆祝情夫梓君健康,不知干了多少杯斟得满满的啤酒。

梓被扒去了外褂,就像是违反了宅邸的禁令,靠夫人说情从后院逃到远处去似的⑤,坐上人力车被送到歌枕去了。他醉得人事不省,次日黎明前起来,脸色依然很坏。蝶吉一直穿着那件外褂,坐在枕畔照看他。见他醒了,就拿起他的腰带,举止娴雅而又麻利地递给他,又提着正式叠好的裙裤腰板⑥,伺候梓穿上。最后才恋恋不舍地脱下那件外褂,帮他穿上。外褂上

---

①指艺妓。
②此处把艺妓们叫唤的声音比作日本古战场上双方射箭时发出的呐喊。
③五个家徽分别染在前襟两侧、两袖和背上。
④这是日本妇女的礼装,用同样的料子做三件窄袖礼服,套在一起穿。
⑤日本封建时代,武士要是在诸侯的宅邸里与女人私通,就被斩首。江户文艺中有不少写这个题材的。在这些作品中,犯法的武士经诸侯的夫人说情,免除斩首处分,然而腰刀和外褂、裙裤都给扒掉,只剩下里面的和服,然后被赶出宅邸,流落他乡。
⑥腰板是放在日本男子的裙裤后腰部的薄板。

还有热气儿,也染上了香气。梓就那样回到公馆,径直走进去。只听得室内人声鼎沸,还夹有女人的声音。

他拉开纸门一进去,侍女哎呀一声,跪下来迎接他。另一个人从他背后哗啦地又把门拉上了。挡雨板①拉开了一半,有拿掸子的,也有举起扫帚或团扇的,恍若一早就慌里慌张地准备进行突然袭击。屋里有一只黄莺,也不知道是从哪个缝儿里钻进来的,惹得大家乱嚷嚷。它从门框上飞到人家送来的一钵梅花的枝子上。那花儿正盛开着,像堆着一层雪一般。人们说着"不要让它跑了",伸出扫帚来。梓边阻拦他们,边脱下那件外褂轻轻一扔,就把黄莺罩住,一股脑儿落到地上。

二十四岁的梓伸进手去小心翼翼地抱起它,欣然沿着走廊进入龙子夫人的寝室,将黄莺放在她枕畔,叫醒了睡在床上的她,沾沾自喜地拿给她看。她只是冷漠地瞥了一眼,说了句"还不到我起床的时间呢",就头也不回,泰然自若地合上两眼。梓的脸色马上就变了,但并没有和她争吵,只是说了声"对不起",就

---

①原文作雨户。日本式房屋,在走廊尽头设橱,内装一叠板门,每逢刮风下雨以及晚上拉出,沿走廊(上下有木槽)逐块排放,不用时推入橱内。

204

走出屋去。

梓站在廊子里，叫人拿鸟笼来。等待着的时候，他觉得托在手上怪可怜的，就把黄莺揣在怀里，眺望汤岛那一望无际的天空。那只黄莺竟在他怀里婉转地嘤嘤叫了三声。

及至鸟笼送到了，从怀里取出鸟儿来时，却连翅膀都不扑打一下。他以为鸟儿已跟他混熟了，岂料它缩起两翼，啊，真可怜，眼睛已不会转了。他把死去的黄莺装在描金鸟笼里，派人专程去把它埋掉，并拿那钵梅花陪葬。从此这件事总是萦回在他的脑际，成了心病。他也知道为蝶吉赎身，总不至于发生像黄莺那样的事。但他从小迷信，觉得外褂是个兆头，倘若救出蝶吉，让她成为掌中之玉，要不了多久就会破碎。她大概很快就会患上病，一命呜呼。由于这种想法牵制着他，为了让阿蝶享尽天年，他就老是踌躇着，明明有这个意思，却迟迟不肯为她赎身。

四十四

"……我和蝶吉已经一刀两断,于心无愧,也没有做什么见不得人的事。但实际上还是对她依恋不舍。我打算迟早到玉司家去,跟龙子正式离婚,坦率地告诉她,我要为艺妓赎身,向她要一笔钱。即便人家议论说我讨了赡养费,我也不在乎。尽管我无意和她重温旧谊,起码也想把她救出苦海,让她从良。师傅,虽然说来脸红,我还是统统告诉你吧。说实在的,就是因为有这么个盼头,我有点觉得好像还没完全和她断绝关系,只是暂时不见面而已。

"刚才不是有个体面的老太婆来看过我吗?她是龙子的奶妈,多年以来,在玉司家当总管。几十年没出过门,连火车都没坐过。她就是为这事儿来的,苦口婆心要我回去。她说：

"'小姐就是那么个脾气，打死也不会说出来。但无论如何您是她唯一的男人，自从您离开了家，她就郁闷得谁也不肯见。

"'医生说是神经衰弱。她患了失眠症，甭说三四天了，有时一连七天都完全睡不着觉，苦恼得厉害；前些日子正在打盹儿，侍女从廊檐下走过，脚步重了一些，把她吵醒了，她一发脾气，拿起小刀丢过去，差点儿戳在侍女的胸脯上。

"'这阵子闹得一步也不肯走出屋。不管小姐表面上是什么样子，她的心事只有我这个做奶妈的最清楚。'

"所以奶妈就劝我回去。她还说：

"'听说您现在闭门不出，品行也端正了。'

"那个犟脾气的老奶妈变得很是谦恭，恐怕她讲的不是假话。

"但是我斩钉截铁地对老奶妈说：

"'唔，我这才知道，别看夫人那样，竟对我有这么深的感情。可是局面已经无法挽回了。

"'我之所以谨言慎行，并不是为了想回玉司家去而做出的苦肉计。我只是因为觉得对不起祖先，才闭

门反省的。所以就请夫人死了这条心吧.'

"我就这样把她打发回去了。"

"哦。"和尚点点头,沉吟了半晌。"喏,你的心情逐渐平静下来了,回答得很好。好得很哪。"

说到这里,和尚审视着梓那神情凄楚的面孔,问道:

"那么,你心里爽快了吧?"

"对,这下子爽快了。当我还有棵摇钱树,暗中想替蝶吉赎身,让她从良的时候,不知怎的,内心深处还温情脉脉的。现在已经坚决地把来人打发回去了,况且也知道了夫人的心情,不论我怎样破罐破摔,也不能再厚着脸皮向她开口。这么一来,跟蝶儿也彻底断了关系。我觉得就像是一个人被丢在孤岛上似的,无依无靠。说来也真惭愧,恐怕正是这个缘故,我才心慌意乱的。"

学士那清秀的面孔泛着凄笑。

"嘻,你还年轻嘛,不宜大彻大悟。多迷恋迷恋也有意思。"

和尚以真正看破红尘的口吻说罢,朗笑了几声。临走时大声说:

"给先生倒杯茶!"

梓又伏案读书。但是木桌角是压不住心跳的。他抑郁心慌，几乎要晕过去了。他再也憋不住，就穿着那件熏香了的家常衣服出了门。这种时候，他必然到汤岛去。

白木匣

四十五

蝶吉用惊慌失措、肝火很旺的声音喊道：

"富儿，喂，富儿，你看见我的布娃娃了吗？"

源次郎听罢，心中有数地对旁边的人眨眨眼说：

"就是那档子事儿。"

"来啦。"

圆辅小声说。随即无缘无故地拍拍脑袋，缩缩脖子，咳嗽一声，用假嗓子朝二楼喊道：

"阿蝶姐，什么事呀？布娃娃？出了大事儿啦，哪里顾得上布娃娃！真是大事儿，了不起的事儿。"

蝶吉恼怒地冷冷问道：

"什么事呀？"

"喂，你倒是来呀，下楼来嘛。"

蝶吉不予理睬,只顾喊雏妓:

"富儿,富儿呀!"

"请你下来呀,出了件大事儿哩。阿蝶姐,神月老爷……"

"咦?"

"瞧。"

源次郎捅捅圆辅,咧嘴一笑。圆辅越发起劲了:

"喏,老爷寄包裹来啦。"

"咦?"

源次郎也从旁插嘴道:

"神月先生寄来了东西。"

"不知道。"

蝶吉的口气虽然冷漠,却带有一点柔和的底蕴。圆辅在楼下听得分明,就又说:

"你应该认识的呀。这位神月先生……"

"你甭管。"

圆辅装腔作势地说:

"那么你就甭要了呗。"

大家面面相觑,都不吭声了。

"富儿。"

"啊,又是富儿。"

圆辅说罢，朝着来到门槛那儿伫立着的雏妓使了使眼色。

"我不知道。"过了半晌，她又温和地说，"不知道什么包裹。"

源次郎一本正经地说：

"是真的呀。你疑心什么？"

"净说瞎话。"

蝶吉说着，似乎迟疑了片刻，只听得楼梯咚地响了一声。

楼下的人大惊小怪地阻拦道：

"等一等，阿蝶姐，还得要收据哪！要是下来的话，请带钱包。"

蝶吉用男人般的腔调豪爽地说：

"好的。"

蝶吉刚才哄着布娃娃躺了一阵，衣服穿得邋邋遢遢，高一脚、低一脚地走下楼来。她在众人面前装出一副满不在乎的样子，抽冷子像娃娃缠着要什么东西似的问道：

"在哪儿呢？"

"瞧你这急性子。师傅，给她拿出来吧。"

"请先给收据。"

"都输光了，剩不下多少了。"

圆辅穿的是缎子里的细纹绉绸和服，套了一件同样料子的薄外褂。他说了声"了不起"就呼啦一下掀起外褂，从青灰色腰带间拔下折扇，砰地放在膝前，探过身子，接住钞票，问道：

"吃什么呢？"

源次郎已经在归置桌子了：

"喏，师傅。"

"喂，阿升。"

阿升在厨房里应道：

"让您破费啦。"[1]

---

[1] 圆辅本来是想叫女佣去叫饭馆送吃的来。女佣也想吃一份，所以这样回答。

四十六

"那么,寄来的是啥呢?"

圆辅说着,朝煤油灯伸过脸去。源次郎则头抵柱子,在角落里仰着脸。在长火盆前面,两个人的上半身刚好交叉成 X 形。

有个头发花白的老妪在对面坐下来说:

"我也来奉陪,真是多谢喽。"

这是个典型的衰老了的鸨母,名叫阿仓。花白的头发,眼睛已经落了坑,还把牙齿染得漂漂亮亮的①。打胎的秘方怎么煎,怎么喝,打掉后如何收拾,连事后怎样保养,都是这个有口臭的老妪一手包办的。

---

①日本古代上流社会的妇女,将铁片浸泡在茶水或醋里,使之酸化后,用以涂牙齿。到了江户时代,这个风俗遍及各阶层的已婚妇女。

蝶吉没承想真收到了包裹。有个时期,她曾按照梓的嘱咐没有再赌花纸牌,可她毕竟年轻,刚才又赌得精疲力竭,惨败而归。接到包裹固然高兴,又觉得对不住梓,怎样也掩饰不住愧色。她两手发颤,把包裹抱到亮处,怕人看到脸,眼睛也不敢抬,连耳根都涨红了。她楚楚可怜地端坐着,左看看,右看看,说:

"哎呀呀,写着'大和屋松山峰子样收'哩。"

圆辅吃喝道:

"峰子样!哎哟!"

"你就嚷吧。"

蝶吉羞答答地把包裹翻过来看。

"神月寄……哎呀,怎么跟他平时的字迹不一样啊……好像不是同一个人写的。"

尽管她并没有怀疑什么,可是巴不得别人给证实一下,所以故意这么纳闷地嘟囔。

老妪装出一副一本正经的样子说:

"当然喽,他是成心换个字迹写的嘛。"

"是啊,怎么这么大呀。是什么呢?"

蝶吉把它当作玉匣[①]似的,双手捧着,闭上眼睛

[①]指日本童话《浦岛太郎》中,龙宫里的公主送给浦岛太郎的宝匣。

琢磨着。

"是啥呢?"

"奇怪。"

"是啊。"

"大家猜猜看,要是猜中了,就让她再请客好不好?"

源次郎大大咧咧地说:

"别那么下作啦。"

蝶吉差点儿笑出来,竭力忍住说:

"反正是无聊的小东西。"

圆辅照例起哄道:

"哟!"

"你就敞开逗笑吧。"

蝶吉并没有生气,只是兴冲冲地把那包裹斜抱在腿上,拔下一根簪子,小心翼翼地拿在手里。

"真讨厌,封得这么严。"

她边说边像名工雕刻什么东西似的盯着包裹,用簪子尖儿挑开封口。

包在外面的那层纸打开了,《大和新闻》[1]的第一

---

[1]《大和新闻》的前身是《警察新闻》,自一八八六年十月七日起改为这个名称,以刊载言情小说著称,读者大多是花柳界、曲艺界的人。

版哗地摊开在蝶吉腿上,里面不是别的,而是一只手提文卷箱大小的白木匣。

"瞧,瞧,拆着拆着包儿,阿蝶姐的神情就愉快起来了。"

源次郎挖苦道:

"这是怎么回事呢?真奇怪!"

"够啦,饶了我吧。"

"你也用不着生气呀,把脸鼓成那个样儿。"①

"专心致志啊。哎呀,简直受不了啦。嚼。"②

"咦?笑啦。"③

蝶吉莞尔一笑道:

"请原谅。"

她连忙捧着白木匣,回过脚来踢着和服下摆,一溜烟儿似的就上了楼。

圆辅大吃一惊,软瘫瘫地坐在那儿说:

"可了不得!"

---

①从语尾看得出这是阿仓说的话。日文中,男女说话用的语尾有区别。圆辅和源次郎身份不同,从用词就能辨别哪句话是谁说的。
②这是圆辅说的话。
③这是源次郎说的话。

四十七

由于收到了包裹,蝶吉认为神月已宽恕她了,所以一上楼,就首先把神月的照片揣在怀里。

"真对不起。我只当你再也不理睬我了,所以自暴自弃,又赌起花纸牌来了。请饶了我吧,行吗?我好像辜负了你的一番好意,可我是万不得已啊。以后我一定乖乖儿的。你以为我一直是听话的,对吗?我错了。我可以打开吗?好高兴呀。"

她说着,紧紧抱着怀里的照片,浑身打哆嗦。

她惦念着匣子里的东西,神魂不定,双手发颤,兴奋得心脏几乎都停止了跳跃。于是把相片按在胸前,拼命掀开了盖子。

匣子里装的是剥得一丝不挂的布娃娃,连张纸都没裹着。

她一眼瞥见了布娃娃,脸上唰的变了色。

"哎呀呀,真奇怪。是为了讽刺我而寄来的吗?已经使我落到这个地步了,怎么可能再做这样的事呢?他不是那种人。"

这当儿,她联想到了自己的布娃娃。

蝶吉心里发瘆,仿佛是在做梦似的,四下里打量着这间灯光暗淡、精致整洁而寂静的屋子。对啦,一听说神月寄来了包裹,她就神魂颠倒,把那件事忘了。她想起方才的事,就吓得把匣子丢在地下,站起来。虽然用不着顾忌什么,却蹑手蹑脚地踱过去,掀起被子一看,一无所有。于是毅然决然把那白皙的手伸到冰凉的小被窝里,只摸着了一团衣服——从窄袖和服到衬衣,以致绉绸兵儿带,一样也没少。那都是她为布娃娃精心缝制并给他穿上的。蝶吉屏着气,咽了口唾沫,端然而坐,把那团衣服拽过来,凝眸看着,脸上白得像纸一样。她扑簌簌地掉下眼泪,喊声"小乖",就扑向那可怜的赤身娃娃,想将它抱起来。但是她抓住娃娃的胸脯后,娃娃的脑袋和四肢稀里哗啦地全脱落了,手里只剩下一截圆圆的躯体。她以为自己抓住的是一条蛇,就喊了声"讨厌"使劲甩掉了。那截躯体腾空而起，砰的一声砸在穿衣镜上落了下去。

"哎呀！"

楼下哄堂大笑。圆辅亮了个相，说：

"刚才这声音，准是的。"①

"嘘！"

源次郎脸上泛出如愿以偿的神色，制止了他。

圆辅说：

"揭下云井的印花贴在上面，用墨笔画邮戳，这技巧……"②

"够高明的吧！"③

"哎呀，可叫我饱了眼福。"④

这时，从楼上传来了刺耳的哭声：

"气死我啦。"

接着，蝶吉用双手拽着细带子⑤的两头，边使劲

---

①在歌舞伎剧里，如果听到了可疑的声音，就用这句台词。圆辅听到蝶吉的喊声，从而知道他们想刺激她的阴谋得逞。
②云井是江户时代的诸侯和富商喜欢抽的烟叶，产了常陆国人恋郡。此处指的是沿用此名的当时的烟丝。源次郎等人为了捉弄蝶吉，把印花充作邮票，用墨笔画了邮戳。
③这句话是圆辅说的。
④这句话是阿仓说的。
⑤原文作下缔。指日本妇女穿和服时，扎在宽腰带下面的细带子。

扎在腰上,边踉踉跄跄走下楼来。她的神色大变,脸色苍白,眼角吊起,撇着嘴,咬牙切齿,将瞠目而视的雏妓一把拖过来,劲儿大得雏妓的小手都差点儿给攥碎了。

"哎呀,姐姐。"

蝶吉使劲儿按着她,厉声说:

"喏,告诉我。谁把我的布娃娃搞成那样了?我决不饶他。不许你说不知道。我好好儿托付过你……"

她浑身战栗,前额上暴起青筋。

"胳膊腿儿都散了,太狠心了,太狠心了。喏,你说说是谁干的。告诉我。明里暗里,姐姐总是护着你。告诉我呀。啊,畜生,你不说吗?"

"疼,疼,姐姐。"

雏妓憋不住了,哇的一声大哭起来。

灰尘飞扬

四十八

"嘿,嘿,你干什么?不要那么粗暴。"

老妪抬起一个膝盖,直着腰,拽住蝶吉的袖子,想从中调停。

蝶吉扭动身子把她甩开,回头狠狠地看着她说:

"老婆婆,我也恨你。你信口胡说,把我骗了。问我肚子疼不疼,要给我揉一揉,我还只当你是出于一片好心呢。真窝心哪。畜生,放开,你干什么?"

阿仓刁悍地说:

"哎哟,好厉害,好厉害,哼。"

蝶吉两眼充血,眼看着就要扑到阿仓身上,所以呆呆地看着的圆辅便挤到两个人当中来。

"哎呀。"

"喏，我有主子，你们敢碰一个指头！你这个臭帮闲！"

蝶吉说着，打了他一个耳光。

圆辅抱住头，吃惊地说：

"可不得了！"

源次郎插嘴道：

"你有主子？真够意思！人家早把你扔了，你这个堕胎反倒怨起产婆的东西！"

源次郎再也没想到会闹成这么个局面。他原以为捉弄一下蝶吉，敲笔竹杠让她请客后，大笑一场就能了结。不但可以为木屐那档子事泄愤，还能借此和蝶吉言归于好，让蝶吉看看他有多么刁狡，从而爱上他。说起来，也真是贪得无厌。他耍着他的小把戏，今天晚上潇潇洒洒地穿着号衣，神气活现地摆起了臭架子。但是恶作剧做过了头，竟把布娃娃的四肢拽掉了。他见蝶吉面无人色，事态不是那么容易收拾，形势不妙，就想开溜。他骂了声"活该"也没忘记把烟袋荷包掖在腰间，突然起身，抬起苍白的脚就大踏步往外走。

"等一等！"

"啊？"

"是你捣的鬼吧？你这个浑蛋！"

"不，是我！"

这时大和屋的鸨母坦率地这么说着，径直走了进来。她叫莺吉，徐娘半老，手段高强。她穿的和服和外褂都是用细条纹薄棉布做的，打扮得很俏丽。她环视了一下帐房，里面挤满了人，就像是被暴风雨刮跑了屋顶那样热闹，随即从从容容地端坐在长火盆后面的黑天鹅绒面大坐垫上，那是她的座位。她说声"好冷"，摇了一下肩。

"大家静一静。阿蝶姐，你也坐下。"

"你说什么？"蝶吉依然站着，直着两只眼睛掉向鸨母，厉声说：

"是你捣的鬼呀。"

"对，是我。"

"什么？"

"你这么站着干什么？"

"坐下又怎么样？"

"哎呀呀，这姑娘眼角都吊起来了，给她泼上点凉水吧。"

圆辅急得光知道说：

"啊，大姐。"

"阿蝶，我是主人。"

"哼，我可不是你的包身妓。谁给你这种又冷酷又不通情达理的家伙当包身妓？利用我无知，骗我喝药，害得我见不着他了。我连命都不要了。你太不体贴人了。究竟是哪一点不顺你的心，才把娃娃拆坏了的？喏，你明知道那是犯法的，还教给我，并逼着我去做，难道这还不够吗？畜生！缺德带冒烟儿的！你不是土包子吗？我可是在仲之町长大的哩。"

蝶吉感情激动得前言不搭后语。

四十九

"住嘴，住嘴，住嘴，啊？还不住嘴吗？"

话音未落，茑吉用手里的长烟袋杆儿啪地打了一下蝶吉的肩。

"畜生！"

"好狂妄！有本事先把欠的债还清了，再发牢骚好不好，不是包身妓又怎么样？对不起，你欠了一屁股债呢。可不是嘛，正因为你是在仲之町长大的，我才破格借了一大笔钱给你，自己没能耐，还交上个情人，居然怀上了孕，也不嫌晦气。像你这样的身子骨儿，准是难产。我怕你血淋淋地死去，才大发慈悲替你打掉的。再说，也妨碍生意。把你摆在这里，不是供你来消遣的。当小姐，也适可而止吧，疯丫头。凭什么从早到晚玩布娃娃？对其他姑娘也会有影响。楼上一间屋子睡五六个人，把那玩意儿摆在那儿也碍事。看你脸蛋儿长得白净，技艺也高，挺叫座儿，就对你宽容一些，由着你的性子，你倒得意忘形了。什么，畜生？再说一遍试试。你不说，就逼着你说。"

话音刚落，她欠起身，隔着火盆毒打蝶吉的后颈。

蝶吉半疯狂地尖叫道：

"神月先生！"

圆辅窘得一个劲儿地搓手道：

"行了，行了，大姐。"

老妪嘟囔道：

"这张嘴就是不饶人。"

"哼，有时候也得给她点厉害尝尝，不然的话，就越发放肆了。神月先生又怎么样？人家早就把你丢了，多没脸呀。有本事你就叫他来吧。"

"嗯，叫就叫！"

蝶吉哭道，正要站起来，老妪一把拽住了她。

"你干什么？"蝶吉软瘫瘫地倒下来。"可恨哪，可恨哪，可恨哪。你们大家要把我怎么着？反正也活不下去了，干脆杀死我算啦。喏，喏。"她像小儿撒娇似的，侧身而坐，从脸到身上，像刚从水里捞出来似的淌满了汗,不顾一切地顶撞道。

"凭什么杀你!你身上押着一大笔钱哪。喏,老婆婆,嘻嘻嘻嘻嘻。"

"可不是嘛,哈哈哈哈哈。"

二人笑着,不理睬蝶吉。

蝶吉脸色苍白,头发蓬乱,抽抽搭搭地哭道:

"不杀也没关系,没关系。不愿意就甭杀。反正我也要死了。我一股脑儿全告诉神月先生,你们等着瞧吧。谁都不关心我,这个世上一个个都是鬼。"

她好像神智也不清楚了,舌头不听使唤,语无伦次。

于是有气无力地倚在老妪的膝上,肩膀一上一下地喘着气。敌人[①]伸出胳膊抓住了她,又用烟袋杆子朝着她的胸脯狠狠地一击:

"喂,还不清醒清醒!"

蝶吉气得犬齿咬得咯吱直响,抽冷子推翻了火钵上的铁壶,轰隆一声灰尘飞扬,转瞬之间,灯光也暗了。蝶吉趁机势如脱兔,倏地就不见了。

"等一等!"

---

①指茑吉。

源次郎追出去，在门口抓住了她。

蝶吉直勾勾地默默看着源次郎，交叉着抡起拿在两只手里的木屐，一只砍在他的半边脸上，击退了他，另一只将一扇毛玻璃门打得粉碎。蝶吉掉过身窜出门去，一溜烟儿似的跑掉了。

五十

"喂!站住!"

学士因为心慌意乱,在瑞林寺的寓所待不住了,就到汤岛去转了转。每逢这种时候,他都到那儿去消磨光阴。回到谷中的路上,一个年轻警察摸着黑突然抓住了他的手。

梓素来没做过亏心事,所以心平气和,沉着安详地回头问道:

"找我吗?"

警察好像挺激动,粗暴地问道:

"你到哪儿去?"

"到谷中去。"

"哼,到墓原①睡觉去吗?瞎说八道,你是扒手吧?"

警察几乎像疯了一样胡言乱语。但梓替他设身处地一想,知道这个年轻警察并不是硬要诬陷他,也不是因为对罪犯恨之入骨才这样的。他仅仅是热心公务,血气方刚,从而抑制不住自己。

梓脸上露出一丝微笑,镇静地回答说:

"您尽管放心好了。"

不论是端详一下梓那清秀的面孔,还是闻一闻他身上熏的馨香,都能知道他是个体面的青年。但是警察对职务热衷得过了头。

"叫什么?门牌号码呢?"

"……"

警察用惊人的大嗓门嚷道:

"说呀!"

神月倒没什么可顾忌的,可是犯不上向警察报告真名实姓。就磕磕巴巴地说:

"玉……月……"

语尾含糊,没能逃过警察。警察便追问:

---

① 墓原在东京谷中七丁目,至今那里还有一大片坟地。

"玉……玉……玉什么?"

神月不由得惊慌起来,说道:

"玉月,啊,秋太郎。"

"住在哪儿?"

"住在公寓里。"

"在哪儿?叫什么?喂,快说呀。"

经警察这么一催,梓感到愕然,他觉得自己说了假名字,就犹豫起来。

警察狠狠地给了他一巴掌,盛气凌人地说:

"跟我来。"

这位体质羸弱的公子平生还不曾遭到过这样的耻辱。虽然在黑暗中看不见,他却乍然变了脸色,说:

"你!"

"别瞎叫,什么你不你的!"

警察说着,手掌又抡过来了。梓紧紧地攥住警察的手,声音发颤地说:

"告诉你我的名字吧。"

"什么?"

"我叫神月梓。"

梓边说边把警察的手推开,随即叹了口气,低下头去。学士感到,自己的姓名一经在这儿报出来,就被大大玷污了。

警察一听,也不盘问他为什么要报假名字,马上变得和气了。

"神月就是你呀?"

梓心头的气还没消呢,就冷冷地回答道:

"有事吗?"

"哦,不管怎样,你到派出所来一趟吧。"

警察说罢,将事情的原委讲述了一遍。

刚才,根津的派出所抓了个神魂颠倒的女人。她说话不得要领,只是口口声声要找神月。行人报告说,开头女人在路上走着的时候,有个男人跟在后面。由于女人不但穿得考究,姿色也非凡,据认为给扒手或是什么不怀好意的家伙跟踪上了。所以一方面对女人进行调查,一方面通告警察来巡逻并追捕歹徒。

警察说到这里,嘲讽般地看看梓说:

"哼,是那个色情狂的丈夫呀!"

星宿

五十一

说得对,色情狂的丈夫。梓听到警察说出这句话,不禁感到绝望。

于是,他怀着走上冥途般的心情,经过弥生町,到了根津。由于夜已深了,倒没有围观的人。蝶吉在派出所里呜呜痛哭。她被反剪双手,半边脸被按进了装满水的提桶里。

腰带被解下来,和细带子一道卷在桌上。到了这般地步,她还没有忘记随身带着那些心爱的小镜子啦,插在头上的描金镂刻玳瑁梳子什么的,怀纸散得到处都是,其中还有梓眼熟的织锦钱包,乱七八糟丢在一起。蝶吉狼狈得就像被人强奸过似的,三个警察把她弄得动弹不得。一个人手执柄勺,往她头上浇凉水。她那乌发蓬得恍若海藻，前襟和下摆也叉开来，连乳房都裸露出来，浑身瑟瑟发抖。

梓气得咬牙切齿，蓦地走过去，责备警察不该这么对待她。但是警察回答得振振有词。

蝶吉的疯狂劲儿让人没法对付。一制止她，就说"我是有丈夫的人，不许碰我一个指头"，乱闹一气，拔下簪子猛扎。有个警察的手背都被她扎伤了。好不容易抓住了她，但太危险，只得把双手反剪起来。再说，关于她的住址、姓名、身份，也得找个线索，不得不查随身带的东西。说不定她曾在路上受到迫害，为了查明身体的状况，就只好给她脱了衣服，自然也得解下腰带。她火气太大，流了许多鼻血，所以正在予以护理，用凉水镇一镇。学士来到时，警察已查明一路上跟踪女人的那个男子是谁了。

那是个身穿染有家徽的礼服、贼眉鼠眼的家伙。他原来也是个大学生，和学士素有怨仇，而今落魄为府下①一家小报的采访记者。眼下他正把臂肘支在派出所的窗上，双手托腮，看热闹呢。

"喂，神月。"

---

① 当时的东京叫东京府。

学士没有搭腔。他对警察更没有话说，只是一把将半死不活、可怜巴巴的蝶吉横抱在腿上。

"我是神月。"

对方情不自禁地紧紧抱住他，再也不肯撒手，几乎把他的骨头都勒碎了。神月哄着她，让她扎上腰带，帮她把前襟对齐，并给她穿上东一只、西一只地落在地上的木屐，牵着手正要走出派出所时，警察说声"喂，忘了东西"，把他的一张照片粗暴地扔了出来。那是他二十岁时的留影，身穿大学生制服，腋下夹着折叠式皮包。他拿过照片，和蝶吉一道消失在方灯①所照不到的黑暗中。

随后，在城市一角，一辆人力车丁零零地响着铃铛，沿着深更半夜的大街，穿过山下②，从广德寺③前面驶过。这时，两个人一道坐在车上，蝶吉横着身子，乌发披散到挡泥板上，梓把自己的双颊贴在她那仰起的脸上。当时两个人是搂抱着的，在大川里却分开了。④

男人用双手紧紧捂住脸，掰也掰不开。女人用细带把双手捆在心窝上。

遗体卜葬时，疾风骤起，尘沙旋转，昏天黑地，半

---

①原文作角灯，明治时代日本警察值夜班时使用的四面玻璃的提灯。
②指上野山下，在上野车站南口一带。
③广德寺在今台东区上野四丁目。
④两个人可能是从吾妻桥投河自尽的。

座城笼罩在黑暗中,并下起瓢泼大雨。灵柩是大白天摸着黑运去的,但是到达寺院的时候,已经是万里晴空了。

神月梓和松川峰子的两座坟墓,排立在谷中的瑞林寺里。

梓的三个生前好友经常来凭吊他们。玉司子爵夫人龙子也悄悄前往。有个晚上,龙子在墓前与三位学士不期相遇。她跪下央求道,请他们以自己的名誉发誓,对她来扫墓一事予以保密,绝不透露出去。哲学家立即在灵前合掌,照她的意思发了誓。柳泽在卵塔①后面肃然颔首,唯有龙田,将红颜伏在柳泽的胸膛上,边摇头边扑簌簌地流下泪来。

当时这两颗变成紫色或绿色的灿烂星宿,想必也在闪烁吧!

一八九九年十二月

---

①指墓石,古代日本的墓石雕成卵状,故名。